綾瀬一子
白石香里
伊吹秀平
斬島雪姫

「今期の深夜アニメだと、わたしは『幻想童子』を観てますね」
「わたしは『バスター7』かな」
「あたしは、『ドッキリ魔女先生』！深夜枠ならではの過激な描写が凄いんだよ、エッチで……。ねえねえ、柔沢くんは何観てる？」
「……寝てるよ」

ダッシュエックス文庫

電波的な彼女
～幸福ゲーム～　新装版

片山憲太郎

電波的な彼女
～幸福ゲーム～　新装版

contents

イラスト／山本ヤマト

電波的な彼女
〜幸福ゲーム〜
新装版

第一章　幸せ潰し

幸せになりたい。

それが、幼い頃からの夢だった。

子供のとき、誰かに「将来は何になりたいの？」と訊かれたら、わたしは必ずそう答えたものだ。「幸せになりたい」と。そうやって言葉にし続けていれば実現するのではないか、と期待していたからでもある。その答えを聞いた人たちは、みんな困ったような顔をしていた。わたしの素直さに驚いたのだろう。みんなが本心では思っていることを簡単に口にする、このわたしに。

誰でもみんな思っている。

幸せになりたい。

わたしは、幸せになりたい。

どいつもこいつもみんな死んじまえ。

柔沢ジュウは、たまにそう思う瞬間がある。自分を取り巻く全ての人々が敵であり、自分を不愉快にさせているように感じたとき、そう思うのだ。

かと思えば、今まで気にしていた全て、あらゆることを許してしまいたくなるような瞬間も、たまにはあったりする。

多分、どちらの割合が多いかで人生は変わってくるのだろう。

しかし、その正確な割合を知るには死ぬ直前まで待たねばならない。

穏やかに死ねた者と苦しみながら死んだ者、どっちの方が多いのだろうか。

以前に、堕花雨はこんなことを言っていた。

「人間は、自分が死ぬときまでに『死ぬのは怖くない』という屁理屈を構築し、その恐怖に耐える準備をします。これは誰でもやります。優れた思考能力を持ってしまった人間の宿命のようなものですね」

けれどジュウは思う。

それが間に合わない場合もあるんじゃないだろうか？

自分がいつ死ぬかなんて、誰もわかりはしないのだ。

人が死ぬときの表情には、それが関係しているのかもしれない。

ある程度は納得した上で、この世に別れを告げる者。

何一つ納得することなく、恐怖に打ちのめされながら死ぬ者。

はたして自分はどっちになるのか。

日曜日の夕方、満員電車に揺られながら、ジュウはそんなことを思った。それというのも、今日観た映画のせいなのだ。その映画をジュウに推薦したのは、雨と雪姫。

雨は、

「無秩序な妄想をそのまま映像化したような迫力で、一見の価値はあります」

と評し、雪姫は、

「とにかく過激なバイオレンスのアクションで、基本はラブラブな恋愛物なんだけど、劇的でドラマティックなドラマの裏に練りこまれたミステリーを追うアドベンチャーが冒険してて、最後までドキドキするよ」

と熱く語っていた。雪姫の感想は意味が重複しまくりだったが、それくらい強調したいという意気込みの表れなんだろう、とジュウは前向きに解釈した。そして少しだけ興味を持ち、暇潰しのつもりで今日、観に行ってみたのだ。

それがアニメ映画だったというのは、事前に調べなかったジュウのミス。まあ、それくらいでくじけてもいられないので、ジュウはおとなしく映画を観賞した。

映画のタイトルは『奇K児』。偶然にも古代遺跡の扉を開いてしまった、齢九十を超える老紳士が、恐竜やロボットの暴れ狂う魔法王国を舞台に大活躍するというアクション巨編である。物語が進む中で、実はヒロインである魔法王国のお姫様と老紳士は時空を超えた絆で結ばれていたということがわかったり、老紳士の前世が勇者だったりする点が、雨のお気に召したのかもしれない。雪姫の言うドキドキもたしかにあったのだが、それは楽しさよりも不安からくるものだった。何しろ終盤は唐突に物語が途切れ、死んだはずの主人公が目を覚ますと今までのは全て夢でした、という展開が二分置きくらいに十数回も繰り返され、さらにその度に主人公が若返っていき、最後は母親らしき女性の体内に帰還するところでEND、というオチだったのだ。ちょっとした悪夢のような映画だが、人生の虚しさについて何となく考えさせられたのは収穫だろうか。

電車がカーブに差しかかったところで車内が大きく揺れ、ジュウはバランスを取りながら欠伸をした。襲ってくる眠気。座席が空いていればすぐにでも座って寝たいところだが、今の状況では難しい。休日の夕方とあって、車内の混雑は朝のラッシュ時に近いほどの密度だ。ジュウの右側にいる若者はイヤホンから漏れるほどの大音量でCDを聴き、左側にいる年配の男は不機嫌そうに折り畳んだ新聞を読み、前方にいる女子高生らしき三人組は、携帯電話を片手に陽気に喋っていた。近頃は少し寒くなってきたこともあってか、大き目のフードを顔が見えないほど目深に被った者や、毛糸の帽子にマフラーを身につけた者などもいて、そのせいでなおさら車内が窮屈に思える。何となく暑苦しい。誰か窓開けろよ、とジュウは思った。

幼い子供なら、まず泣き出している環境だろう。歳を取るというのは、耐え方を学ぶということ。ジュウは軽く息を吐き、眠気を堪えながら、ただ時間が過ぎるのを待つことにした。こういうときは何も考えない方がいい。思考を放棄するのは簡単だ。よくやる。

ふと、左側の男が読んでいる新聞記事に目が留まった。年間の自殺者数が前年を二十％超えた、という記事。そんなに死んでるのか、という驚きもあるが、わからない気持ちでもなかった。何もかもが嫌になることはある。そんなときは忘れるのが一番だが、それができないときは、その嫌な気持ちに心が呑み込まれる。そして、完全に呑み込まれてしまった者が死を選ぶのだ。そうした者たちは弱い人間だ、とはジュウは思わない。そういうものは紙一重で、誰だって可能性がある。誰だって、死にたくなるような気持ちになる瞬間があるはずだ。そう思わなければやっていられない。自分だけが苦しんでいるなんて現実は、とても耐えられない。

ジュウにとっての苦しみとは何か？

最近なら、夏休み前の事件や、その後のえぐり魔事件だろうか。でもそれらは、決してジュウに苦しみだけをもたらしたわけではなかった。だからこそ、なおさら苦しいのだが。

新聞記事を横目で見ていると、学生の自殺理由で一番多いのがイジメで、二番目は学業不振となっていた。ジュウは、両方とも経験がある。イジメは、もはや遠い過去のことだが、学業不振に関しては現在進行形だった。

まあ、どうでもいいけどな、とジュウは思う。

どうせ自分はろくな大人にはならない。叶えたい夢だってない。何も成し遂げられず、ただ老いて死ぬことだろう。いや、老いる前にどこかで野たれ死ぬかもしれない。誰にも看取られることなく、惨めに生涯を終えるのだ。ざまあみろだ、俺。

そうやってすねてれば誰かが優しくしてくれると思ったら、大間違いだぞ。

紅香の言葉が頭をよぎる。あれはたしか、小学生の頃に言われたのだ。

何てこった。あの頃から自分は、何も進歩してないのか。

苦笑を浮かべながらジュウがそんなことを思ったとき、前方から悲鳴が上がった。

「キャ――――ッ！」

耳をつんざく、という表現が相応しい少女の甲高い声。思わず手で耳を塞いだジュウの前で、その少女はこちらを振り向くと、ジュウの顔を指差した。

怒りの形相を浮かべ、彼女は言う。

「痴漢よ！　こいつ痴漢よ！」

何だそりゃ？

やっぱりざまあみろだよ、俺、とジュウは思った。


車内の暑苦しさからは解放されたが、その代わりに乗客の往来するホームの上で、ジュウは拘束されていた。ジュウの左右の腕を摑んでいるのは、大学生らしき二人の若者。正義感丸出しの顔で、近くを通り過ぎる乗客たちに笑みを振り撒いていた。

どうです、ほら、悪人を捕まえましたよ、というわけだろう。

全力を出せば振り払えるし、走って逃げるのも難しくはないが、それを我慢し、ジュウは辛抱強く、さっきから何十回も繰り返している言葉を口にした。

「俺はやってない」

「みんなそう言うのよね」

少女の答えは、さっきから変わらない。

そうそうと頷く、連れの少女二人の反応も変わらない。

この三人の少女は、今のところジュウの敵である。

いきなり電車内で痴漢呼ばわりされたジュウは、弁解する余地すら与えられずに周りの乗客たちに取り押さえられ、次の停車駅で降ろされたのだ。被害者が年頃の少女ということで発奮したのか、若者二人がジュウの連行役を買って出た。そしてジュウは、駅員室まで連れてこられたのだった。ところが、駅員は不在。理由は、放送が流れることですぐに判明した。三つ隣のホームで飛び込み自殺があり、その処理に追われていたのだ。大半の乗客も、その見物に行っていた。

自殺の記事を見ていたら痴漢と間違われ、さらに降ろされた駅でも自殺とは、嫌な偶然だとジュウは思った。世の中は、嫌な偶然の方が多いのだろうとも思う。

駅員に引き渡された後で自分がどうなるのか、ジュウは具体的には知らないが、あまり面白い展開にはならないはずだ。だいたい、ジュウは痴漢などやってないのだ。眠気で少しウトウトしてはいたが、手は誰にも触れていない。身に覚えのない罪で責められることほど不愉快なことはなかった。しかも、自分の無実を誰も信じないとくれば、自然と表情も険しくなってくるというものである。

優越感を込めて見下ろしてくる少女を、ジュウは睨み返した。

「もう一度言うぞ。俺はやってない。おまえなんて触ってない」

「みんなそう言うのよね」

「やってねえんだよ、マジで！」

「やったわよ！　あんた触ったじゃん、わたしのお尻をさ！」

ほらここよ、と自分の尻を指し示す少女。化粧は濃いが、それなりに整った顔立ちであり、男が自分の体に魅力を感じるのは当然、と思い込んでいそうだった。

おまえなんか好みじゃねえよ、ともう少しでジュウは言いそうになったが、火に油を注ぐだけなのでやめた。

とにかく今は、どうやって自分の主張を信じてもらうかを考えよう。

駅員に話を聞いてもらった方が、こいつらに話すよりはいいかもしれない。

ジュウのそんな願いが通じたのか、騒ぎに気づいた駅員の一人が駆け寄ってきた。

「どうしたの、君たち？」

口を開こうとしたジュウの腕を、左右の若者が力任せにひねる。床に膝をつきそうになりながらも、ジュウは二人に抗議した。

「何しやがる！」

「貴様、犯人のくせに勝手に話そうとするな！」

右の若者が、やはり力任せにジュウの顔を殴った。駅員が止める声と、少女たちの「やっちゃえ、やっちゃえ！」と盛り上がる声が聞こえ、ジュウの忍耐力は限界を迎えそうになる。

だがジュウが反撃に移る前に、左の若者がジュウの腕の関節を極め、ホームの床に押し倒した。さらにその背中にもう一人の若者が乗りかかり、後頭部を殴りつける。

「おとなしくしてろ！」

ジュウの顔が床にぶつかり、口の中が少し切れた。血の味が広がる。目の前には、踏み潰されたタバコの吸い殻やチューインガム、そしてまだ乾いてない痰などがあった。若者の一人がジュウの髪を掴んで持ち上げ、顔を何度も床に叩きつけた。またしても広がる血の味。そういえば昼から何も食ってないから腹減ってたな。でも血の味は最低だ。吸血鬼の気が知れない。今夜の夕飯はどうしようか。

ジュウがそんなことを考えているうちにも顔と床の衝突は続き、唇が何カ所も切れ、顎の下まで血で染まっていく。

服に付いた血は洗っても落ちにくいんだぞ。自分で洗濯してるか、おまえら。

ジュウはそう言いたかったが、若者の手は止まらなかった。少女たちの囃し立てる声が、彼をエキサイトさせているのだろう。悪いことをした奴は罰を与えられて当然。何をしてもいいのだ。ついでに日頃の鬱憤を晴らしてもいい。

少女たちの声を聞きつけたのか、周りに野次馬が集まってきた。みんな嬉しそうな顔をしていた。他人の不幸は楽しい。自分に一切関係ないことなら、なお楽しい。ジュウが痛めつけられる姿を一種の娯楽のように受け入れ、誰もがニヤニヤしながら見物していた。

　止める機会を失ったらしく、ただおろおろするばかりの駅員に、少女たちは訴える。

「こいつがわたしのお尻を触ったんです！　それで、逃げようとしたから捕まえて、今だって暴れようとして、こいつ絶対常習犯ですよ！　死刑にしてください！」

「そうそう、死刑、こんなクズ！」

「死んでいーよ！」

　少女の一人が、ジュウの頭を蹴り飛ばした。革のブーツで蹴られると痛い。痛いってことは、これは夢じゃないのか。映画のように夢オチだったらいいのに。

　口の周りの血を舐めながら、ジュウはそんなことを思う。

　駅員は、少女の話を信じたようだった。ジュウはまだ、ろくに弁解もさせてもらってないのだが、もう犯人と断定されてしまったらしい。

「わかった。じゃあ、その男はこちらで預かる」

「駅員さん、本当にお願いしますよ。死刑ですよ、絶対！」

「今、警察を呼ぶから」

　ジュウの言葉を聞く気はなく、警察が来たら、捕まって終わり。

　なるほどこの理不尽さ、まさしく現実だ。

　もうこうなったらいっそのこと、自分を押さえつけてる若者二人を殴り倒し、さらに少女たち三人も殴り倒し、駅員も殴り倒し、野次馬も殴り倒し、止める奴はみんな殴り倒し、敵はみんな殴り倒し、どこかへ逃げてしまおうか。

ジュウは一瞬だけそんなことを思ったが、すぐにやめた。

そこまでキレるにはまだ足りない、いろいろと。

ひょっとしたら警察はこちらの話をちゃんと聞いてくれて、無事解放されるかもしれない、なんて甘いことをジュウは一応期待するが、

「痴漢の現行犯だからな。どんな弁解も通じないぞ」

と、上から押さえつけている若者が親切にも教えてくれた。

……ああ、やっぱ暴れちまおうかな。

別にいいよな、失うものなんかないし。

全部が全部何もかも誰一人残さずみんなみんなぶちのめしてしまおうか。

腹の底から湧き上がる暗い思念。こいつを自由にしてやる。

ジュウがヤケクソでそんなことを思い、それを現実のものにしようとしたとき、その衝動を吹き飛ばすような力強い声が響いた。

「待ってください!」

見物人を押しのけながら現れたのは、一人の少女だった。まだ幼さの残る顔立ちに、意思の強さを感じさせる瞳、髪形はポニーテール。ほどよく筋肉のついた手足は、日頃の鍛錬の成果だろう。

ジュウは、彼女の名前を知っている。

堕花光だ。

「彼はやってません」

おまえどうしてここに、と声をかけようとしたジュウを鋭い視線で一瞥し、光はそう言った。

突然に現れた光の言葉に、駅員は戸惑い、少女たちは一斉に反発する。

「誰だよ、おまえ！」

「すっこんでろ！」

「関係ねーじゃんよ！」

罵声に等しいそれにも、光は動じない。

「関係はあります。あたしは、彼の恋人です」

あまりに意外な言葉に、少女たちは一瞬黙り、駅員や若者たちも唖然としていた。

「彼は痴漢なんかしません。放してあげてください」

光の指示に若者たちが従ったのは、その堂々たる態度に気圧されたからだろう。

解放され、立ち上がったジュウの側に寄ると、光はハンカチでジュウの口元の血を拭う。

ジュウにはそれが、今は何も言うな、という彼女からのサインのような気がした。

「さあ、行きましょ」

ジュウを連れて歩き出そうとする光を、駅員が慌てて呼び止めた。

「ま、待ちなさい！　彼は痴漢の現行犯なんだよ！」

気を取り直した少女たちも、猛烈に声を上げる。

「そーだよ！　そいつ、わたしのお尻を触ったのよ！」

「何勝手に連れてってんだよ、おまえ！」

「邪魔すんな！」

光は、それらをただの雑音のように受け流し、己の考えのみを主張した。

「彼が痴漢をするなんて、あり得ません」

さすがは、あの雨の妹である。土壇場の度胸は、ジュウも目を見張るほどのものだった。これほど敵意に満ちた視線を向けられながらも、光は一切の妥協も譲歩もしない。

その揺るぎない姿勢によって、光は己の正しさを証明しているかのようだった。

「いや、君、そうは言うが……」

困った様子の駅員に、光は念を押すように言った。

「彼が痴漢なんてするわけないんです。だって、あたし、彼をちゃんと満足させてるもの」

それを聞いた駅員が、若者が、それどころか野次馬の中にいる男たちまでもが思わず顔を赤くしたのは、光が健康的な美しさに溢れる「女」以外の何者でもないことに、改めて気づいたからだろう。そんな彼女の口から今のような発言をされては、男なら誰でも妙な想像を喚起させられてしまう。

自然と、周囲の視線は光と少女の間を何度も往復した。自分と光が比較されていると知り、しかも負けていると自覚し、少女は怒りで顔を歪める。

「あ、あなた、ふざけんじゃないわよ！　だいたい変じゃない、偶然こんな場所に恋人が来るなんて！　あなた、ウソついてるのよ！」

それに対して光は、最も効果的で、視覚的にも説得力のある方法を実行した。

ジュウの顔を両手で掴み、何か言いたそうにしているその唇を、自分の唇で封じたのだ。

場が静寂（せいじゃく）に包まれる十数秒。

ジュウから顔を離した光は、少女たちが呆然（ぼうぜん）としているのを確認してから、駅員に言う。

「痴漢は、そこの彼女たちの誤解ですよ。彼がそういう誤解を受けるということは、まだあたしの尽くし方が足りないのかもしれない。それは反省し、今後改善するように努力します。そういうことで、もういいですよね？」

駅員が頷いたのは、その言葉に対してではなく、ただとにかく光の存在感に圧倒されているがゆえの反応だったが、それで十分だった。

光はジュウの手を引き、おまけに周囲の視線も連れて、まっすぐに歩き出す。

当然のように道をあける野次馬たち。文句のつけようのない、見事な退場。

事態のあまりの急転ぶりに言葉を失い、ただ光に従って歩きながら、ジュウは思った。

今までの人生において、そしておそらくはこれからの人生でも、何度も何度も思い知ることになる、確固たる真理。

女は怖い。

光が足を止めたのは、階段を上がり、通路を進み、駅構内の隅にある売店の側に来てからだった。そこでようやく光が手を放し、ジュウは一応周囲を見回したが、あの少女たちも駅員も追いかけて来てはいない。見事、煙に巻くことに成功したのだ。

その功労者である光に、ジュウは感謝の言葉を述べようとしたが、彼女は壁の方を向き、ジュウには背中しか見せなかった。

肩が小刻みに震えている。

……かなり怒ってるな。まあ、当然か。

ジュウは一度咳払いをしてから、光の背中に言った。

「助かった。ありがとう。マジで危なかったんだ、さっきは」

光は振り向かない。

「おまえが来てくれなかったら、捕まるか暴れるかして……どっちにしても、警察に捕まってただろうな」

光はまだ振り向かない。

「痴漢で捕まるなんて、男として最低だし、本当に助かったよ。今日に限っては、おまえが女神に見えた。おまえの姉ちゃんもスゴイが、おまえもなかなかやるもんだな」

光はやはり振り向かない。

さすがに心配になったジュウが肩に手を置くと、光は崩れ落ちるように膝を折った。

「お、おい……」

「……もう、おしまいよ」

「は？」

振り返り、ジュウの顔を見上げた光の顔は、涙で濡れていた。

「おまえ、何で泣いて……」

「もうおしまいよーっ！」

光は泣いた。それはもう子供のような泣き方であり、そういえば小さい頃にこんなふうに泣く女の子を見たような気がするなあ、などとジュウの記憶を刺激しながらも、それに浸る余裕さえ与えずに彼女の泣き声は次第に大きくなり、駅構内に響き渡る。

「こ、こんな、こんな金髪野郎に、あたしの唇を、ファーストキスを奪われて、これでもう全部おしまいなんだわ！　きっとこれをネタにして、これから一生こいつに付きまとわれて、強請られるのよ！　風俗で働かされたり、子供を産まされたり、最後は外国に売り飛ばされたりしちゃうんだ！　今まで貞操を守ってきたのに、必死に守ってきたのに、ガッチリ守ってきたのに、まさか、まさかこんな奴に奪われるなんて、あり得ない！　あんまりです、神様！　あたし、まだ十五歳なのに、ずっと一生、こいつに食い物にされて生きてくんですか……？　もう何もかも、全部おしまいなんですか……？　そうなんですね、神様……」

俺はヤクザか？

ジュウはそう言いたかったが、それより優先することがあった。光の泣き声に集まる周囲の視線。客観的に見れば、この状況は痴話喧嘩にしか見えないだろう。早く何とかしないと、また野次馬に囲まれてしまいそうだった。

しかし、どうしたらいいのだろう？

ジュウは、泣いてる女というのがすごく苦手だ。もっとも身近な女性である母親の紅香が一度も涙を見せたことがない、ということも関係している。適切な対処法がわからない。

そうしている間にも光の泣き声に周囲の視線がどんどん集まり、ジュウは焦った頭で昔を思い出す。自分の経験。自分はこうされると、必ず泣き止んだ。

ジュウは光の前に膝をつき、彼女へ向けて両手を伸ばした。ジュウの手が背中に回されると、光は一瞬ビクリと震えたが、ジュウはゆっくりと力を込めながら、彼女を抱きしめていく。壊れ物を扱うように、慎重に。自分という存在で相手を包み込むような気持ちで、抱きしめる。俯いて泣き続ける光を見ながら、ジュウは彼女の背中を優しく叩いた。

トン、トン、トン、トン。もう怖くないよ。大丈夫。安心して。そう伝える合図だ。

子供の頃のジュウは、紅香にこうされると泣き止んだ。そのとき自分がどういう気持ちだったのかはもう思い出せないが、多分、それはあまり反芻しない方がいいものなのだろう。

背中を叩き始めてしばらくすると、光の泣き声は聞こえなくなった。

「落ち着いたか？」

「……あんた」

「ん？」

まだ涙の残る瞳で見つめられたジュウは、なるべく笑顔を維持していたが、それはすぐに崩れ去った、光の手で。

「何どさくさに紛れて破廉恥なことしてやがんのよこのエロ金髪野郎！」

力の入った正拳突きが、ジュウの頬に命中。思わずのけぞってしまうほどの威力。

かなり痛かったが、ジュウは我慢した。

光は服装を整えながら立ち上がり、鼻をすすってから言う。

「ど、どこまで外道なのよ、あんた！　乙女の弱気につけ込んで、抱きしめるわキスするわ、やりたい放題か！」

「いや、キスはおまえが……」

「お、ま、え、が？」

「……あー、いや、ごめん、俺が悪かった」

「そう、全部、ぜーんぶ、あんたが悪いのよ！」

感情が高ぶっているからか、いつもより幼く見える光に、ジュウは何故か逆らう気が起きなかった。どうも、この堕花光という少女にはあまり本気で反発できないのだ。裏表のないまっすぐな気性が、ひねくれたジュウには好ましく映るからかもしれない。特に今回は自分に原因があるわけだし、多少の理不尽は許容するべきだろう。

ちらりと周囲に目をやると、かなり見られていた。近頃の若者は、と今にも説教をしてきそうな老人や、「なんかケンカしてる奴がいるー」と携帯電話で友達に報告している女の子や、これからどうなるのかと期待の眼差しを向ける子供などもいた。

光は目立つ子であるし、ジュウの金髪も目立つ。そんな二人が言い争っていれば、嫌でも興味を引く。

ジュウはそのことを光に伝えようとしたが、彼女は何故か手を差し出してきた。

「何だ？」

「お金」

「えっ？」

「喉渇いたから、お金、早く」

何で俺が、と思いながらもジュウが硬貨を渡すと、光は近くの売店で清涼飲料水を買う。見事にそれを一気飲みし、ようやく落ち着いたのか、空になったペットボトルを捨ててから、光はジュウに言った。

「忘れなさい」

「は？」

「今日、ここで、あたしとあんたは会わなかった。だから何もなかった。いいわね？」

「ああ、まあ……」

「いいわね！」

「……はい」

「よろしい」

光は一度荒い息を吐き、決意を込めて言う。

「あたし、決めたわ。将来は政治家になって、法律でも何でも改訂して、今日という日の存在を抹消してやる。日本を転覆させてでも成し遂げてやる」

そんなに嫌だったのか……。

ジュウもたしかに動揺したが、今は不思議なくらい平静だった。

ああいうことに甘い幻想を抱くタイプではないし、そもそも光はただの知り合いだ。

割りきろうと思えば割りきれる。

あまり深く考えないのは、無気力と同義なのかもしれないが。

ジュウと違って気力の塊のような光は、健全な反応で正当な主張をした。

「もう一度確認するわよ？　今日のことは誰にも、だ、れ、に、も、言っちゃダメ。あんたとあたし、二人だけの秘密だからね」

「おまえ、さっき忘れろって……」

「わかったの？　わからないの？」

「……はいはい」

光に物凄い目で睨まれたので、ジュウは渋々ながらも頷いた。

しかしまあ。

「二人だけの秘密か……」

なんとも乙女チックな発想だな、とジュウが苦笑していると、光は目を細める。

「……あんた、今何か変な想像したでしょ！」

「してねえよ」

「した！　その顔は絶対した！　鼻の下が伸びてた！」

「伸びてねえよ！」

「じゃあ、今何考えてたか言ってみなさいよ！」

「何って、別に……」

「ほーら言えない！　まったく、油断も隙もあったもんじゃないわ！」

「……」

まあ、元気が戻ったならいいか。

その後、再び電車に乗って駅前で別れるまで、今日の件を口外しないよう光はしつこいほど繰り返していた。

もう暗かったので、家まで送ってやろうかとジュウは申し出たが、

「……これ以上、あたしに何するつもり？」

と光に恨みがましい視線を向けられたので、彼女を刺激しないよう見送るだけにした。

それにしても不思議だ、とジュウは思う。

助かったのは嬉しいが、あいつ、どうして俺を助けてくれたんだろう……。

その疑問は棚上げにし、ジュウも家に帰る。

しかし、この安堵感が一時のものであるとジュウが知るのは、翌日のことであった。

いくらか時間に余裕を持って登校し、教室の扉を開けたジュウは、クラスに漂う妙な空気に気づいた。ジュウに挨拶をしてくる者が皆無なのはいつものことなのだが、今日に限っては何故か、ほぼ全員がこちらの方に視線を向けてきたのだ。だからといってやはり朝の挨拶をしてくるわけでもなく、ただジュウを見るだけ。しかもその視線には、何やら軽蔑の要素が混じっているような気がした。特に女子から。

……何だ？

机の取っ手に鞄をかけ、ジュウが椅子に腰かけてもやはりその視線は途絶えず、クラスメイトたちはそれぞれの世間話に集中するふりをしながらも、チラチラとこちらの方を見続けていた。試しにジュウが睨み返してみると、たちまちみんな顔色を変えて視線を逸らしたが、しばらくするとまた同じ状態になる。

教室の後ろでトランプをやっている集団など、自分の手札の内容よりも、ジュウの様子の方が気になるようだった。顔を寄せ合い、声を殺して何やら笑っている。

どうもバカにされてるらしい。

まさか、二学期の今頃になって柔沢ジュウ排斥運動か？

どうでもいいかな、とも思うが、ちょっとだけ気になる。

ジュウは後ろの集団に近寄り、一番体の大きい奴の首根っこをいきなり摑んだ。頭は丸刈りで、名前は忘れたが、たしか柔道か何かをやっているらしい男子だ。都大会で入賞したとかいう自慢話を、ジュウは前に耳にしたことがあった。

「おい」

「な、何だよ……！」

相手はジュウの手を振り払おうとするが、無駄な抵抗に過ぎない。生まれて一度も筋トレの類をしたことがないジュウだが、そこらの体育会系の人間より腕力には自信がある。

多分、母親からの遺伝だろう。

「おまえ、名前何だっけ？」

同じクラスになって以来、ジュウが自分から誰かに話しかけるのは珍しいこと。教室中が緊張感に包まれる中、ジュウは再度訊いた。

「名前は？」

「た、竹野……」

「じゃあ竹野、ちょっと来い」

ジュウは竹野の首根っこを摑んだまま、教室の外まで引っ張っていった。二人の体格は似たようなものだったが、気合いの差か、竹野は萎縮した様子でおとなしくそれに従う。

廊下に出てしばらく歩き、教室から離れてから、ジュウは手を放した。

「手荒なことして、すまなかったな」

竹野は何も言わず、早く話が終わってくれ、廊下の向こうから先生でも来ないかな、という表情で黙っていた。

こういう反応には慣れているので気にせず、ジュウは用件を口にする。

「今朝、何かあったのか?」

「あ、謝るよ、謝ればいいいんだろ! 悪かったよ、笑ったりして……」

「そうじゃなくて……」

「あ、謝るから、許してくれよ!」

怯(おび)えた様子で頭を抱える竹野の足は、震えていた。今や上級生不良グループも手を出せない柔沢ジュウを怒らせたら、命がない、とでも思っているのかもしれない。畏怖(いふ)の念を抱かれるのは悪い気はしないが、それも度を越すと考えものだ、とジュウは思った。

なるべく穏やかな口調を意識して、ジュウは言う。

「クラスの連中さ、やたら俺の方を見てたろ? あれはどういうわけなんだ?」

ジュウの努力は功を奏したらしく、竹野の表情から怯えの色が抜け、しかしまだ警戒(けいかい)しながら答える。

「お、おまえが、痴漢で警察に捕まったって、聞いたから……」

「俺が痴漢で捕まった?」

自然と声が大きくなるジュウに、竹野は再び頭を抱えた。

「い、言ったのは俺じゃないよ！　噂で、そういう話を聞いて……」

詳しく訊いてみると、どうやら昨日の野次馬の中に同じ学校の生徒がいたようで、そこから噂が流れているらしい。

「柔沢が、その場を逃れるために恋人を電話で呼び出して、周りに見せつけるように濃厚なキスをしたとか、その後で恋人と一緒になって警官や駅員を殴り倒して、それが原因で電車が止まったとか……お、俺が言ったんじゃないよ！　噂で聞いたんだ！」

ジュウの顔色の変化を見て竹野はまた頭を抱えたが、頭を抱えたいのはジュウの方だった。

さすがは噂話。尾ひれが付きまくっている。

ジュウは苛立ち紛れに頭を掻き毟り、目を閉じた。

本当に痴漢で警察に捕まったなら、こうして学校に出てこられるわけもないだろうに……。

みんな、それくらいのこともわからないのだろうか？

それとも、痴漢程度なら即日釈放と考えたのか？

とにかく、柔沢ジュウならそういうことをやりそうだ、と簡単に信じられたのだとしたら、ジュウにはわりとショックな事実だった。劣等生や乱暴者と思われるのはいいが、痴漢した上に警官と乱闘して逃げるような見苦しい男だと思われるのは心外である。

ジュウは何か言おうとしたが、そこでチャイムが鳴り、竹野を連れて教室に戻った。竹野が無傷で戻ってきたことにクラスメイトたちは安堵し、それでもジュウに対する視線に変化はなく、やはり軽蔑の色。ジュウは自分の席に戻り、取り敢えず周りを無視することにした。

訂正や弁解をするなら、クラスの注目が集まっている今だろう。

だがジュウは、そういう気になれなかった。

その内容に拘わらず、学校一の問題生徒の主張など無力だ。へたな言い訳をすれば、ますます見苦しく思われるだけだろう。こうなっては噂が消えるまで黙殺するのが良策だ、とジュウは思う。

ジュウが沈黙を守ることで噂は事実だと確信したのか、クラスの視線はますます厳しいものに変わったが、ジュウはもう気にしないことにした。

そういうことにはわりと慣れている、昔から。


昼休みになると、ジュウは弁当を持って早々に教室を出た。居心地が悪すぎて、とても教室で食べる気にはなれなかったのだ。女子たちの視線の険悪さから想像するに、痴漢どころか、ジュウはレイプでもしたことになっているのかもしれない。噂話とは、過激な内容の方が好まれるものだ。

廊下を歩いていると、たまにだが、教室で浴びたのと似た種類の視線を感じた。噂はかなり広まっているようだった。そのうち学校中に浸透してしまったら、柔沢ジュウはケンカ好きの劣等生で、おまけにスケベ野郎ということになるのだろう。

自然と足が特進クラスの方に向かってしまったのは、ジュウの心の弱さか。遠慮気味に教室の中を覗いてみると、目当ての人物はそこにいた。ジュウの気配を察したかのように、堕花雨はこちらへ振り向く。

「ジュウ様」

雨は席を立ち、計ったように同じ歩幅で歩き、ジュウの側まで来た。

「何か御用でしょうか？」

「あ、まあ……暇か？」

「これから昼食を取るところですが、ジュウ様の御用とあれば後回しにします」

周りからの好奇の視線が痛いので、ジュウは手早く用件を告げる。

「一緒にどうだ、昼飯」

「喜んで」

雨は頷き、一度机に戻って弁当箱を持ってから、ジュウの後に続いて教室を出た。向かう先はどこにしようかと思案し、何となく外に出たい気がして屋上に決めた。

二人は屋上に通じる階段を上がり、ドアを開ける。吹きつけてくる冷たい風に頬を撫でられつつ踏み出してみると、屋上は思ったよりも人が少なかった。長かった残暑も終わり、そろそろ秋の気配が漂い始めている今日この頃は、意外と肌寒い。教室か学食で食べる者の方が多いのだろう。今のジュウにはありがたい状況だった。

ジュウは雨を伴って歩き、屋上の端に腰を下ろした。雨も、その隣に腰を下ろす。

金網の向こうには、代わり映えのない街並みが広がっていた。

「悪かったな、付き合わせて」

「いいえ。わたしにとっては嬉しいことですので、どうぞお気になさらずに」

雨は、本当に嬉しそうだった。

ジュウがこうして雨を昼食に誘うのは、まだ二回目だ。前のときは、えぐり魔に関連する話でジュウは勝手に苛立ち、途中で帰ったのを覚えている。あのときと今で何が変わったというわけでもないが、少しだけ、ジュウはこの堕花雨という少女のことが理解できたような気がしていた。ただ、その逆に柔沢ジュウのことを雨が理解しているのかどうかは微妙なところだ。この少女は、初対面のときからジュウの全てを理解している、というような雰囲気があり、おそらく本人に尋ねてもそう答えそうな気がするからだ。本当にそうだったら怖いので、ジュウも尋ねたことはないのだが。

天気は曇り空。湿気は少なく、風の冷たさを気にしなければわりと過ごしやすい気候だった。周りにいる他の生徒たちも、和やかに会話している。こちらをチラチラ見ている者も何人かいたが、ジュウが軽く睨むとすぐに視線を逸らした。

握り飯を頬張りながら、ジュウは雨の弁当箱を何気なく覗く。旬のものを意識してか、栗ご飯だった。料理人の気遣いが窺える。

「また光が作ったやつか？」

「はい」

昨日あんなことがあってジュウは少し心配していたが、どうやら光は大丈夫らしい。借りができたので、今度お菓子でも買ってやろうかと思う。

「わたしもお弁当作りに挑戦してみたいのですが、今のところ作れそうな料理といえば、スパゲッティくらいでしょう」

「まあ、あれは簡単だからな」

「やったことはありませんが、簡単だと思います。パスタを、お湯でふやかすだけですし」

「……ふやかす？」

雨は、本当に料理が苦手らしかった。全てが完璧(かんぺき)な人間などいないということだ。雨の様子からまだあの噂を知らないようだとわかり、ジュウはホッとする。進学クラスまでは広まっていないということか。あんな情けないことは、なるべく雨には知られたくない。

タクアンを一切れ齧(かじ)りながら、ジュウは思う。こうして雨を誘った理由は、現実逃避の一種だろうか。自分は、前より弱くなったような気がする。味方がいると、人間は軟弱になるのかもしれない。

ジュウは紙パックにストローを刺し、サツマイモジュースを飲んだ。以前に雪姫が「美味(おい)しいよ！」と絶賛してたので、学校に来る途中のコンビニで試しに買ってみたのだが、さっぱり美味(うま)くなかった。イモの粒が喉に引っかかるし、やたらと甘く、後味も悪い。

それを察したのか、雨は横から自分のウーロン茶を差し出した。

「飲みかけですが、よろしければ」

「もらう」

ジュウはそれを受け取り、喉の不快感を解消した。

箸で丁寧にミニハンバーグを割る雨を見て、ジュウは何となく訊いてみる。

「おまえ、好き嫌いとかないのか？」

「食べ物に関してのポリシーはありません。何でも美味しいです」

彼女の許容範囲は、たいていの分野においてとても広い。

「たまに菜食主義者が、肉食を批判していることもありますが、わたしからすれば滑稽なことですね」

雨は、二つに割ったハンバーグの片方を箸で摑んだ。

「例えば、このハンバーグを食べなければ原料になった生物が生き返るというなら話は別ですが、こうして調理されてしまった以上、もはや美味しく食べる以外の選択肢はないと思います」

上品に口に運び、静かに咀嚼する雨。

「多様な価値観があるのは、豊かな時代の証拠でもあるのですが」

「豊かさと価値観に関係あるのか？」

「関係あると思います。貧しい時代であった昔は、『損か得か』が価値観でした。でも豊かな時代である今は、『気持ち良いかどうか』が価値観になっています。ですから、かつては確実に『損』であったはずの殺人も、今の価値観に照らして『気持ち良い』と肯定し、実行する者がいるのでしょう」

「なるほどね」

たいして理解できなかったが、ジュウは取り敢えず相槌を打った。

雨の良いところは、どんなくだらないことにも真面目に答えてくれるところだ。

だから、普通なら訊きにくいような質問でも口にしやすい。

こうして話しているだけでいい気分転換にもなる。

まったくもって、自分にとって都合の良い存在だと思う。その事実を雨本人が喜んでいるようなのだから、世話はない。そんな現状を受け入れてる自分も同様だ。

思考が悪循環に陥りそうだったので、ジュウは噂話のことを考えることにした。

クラスのあの雰囲気。原因はまるで違うが、あの嫌な感じは覚えがある。まだ小さかった頃のジュウは、よくあの雰囲気に泣かされていた。雰囲気に泣かされるのだから、子供の感受性は凄い。あの頃は、どいつもこいつも、みんな敵に思えたのだ。何もしなくても泣き出すジュウを、面白がってみんながからかった。ひたすらに殴られ蹴られ排除され、そのことを知っても母は助けてもくれず、この世に愛なんてないんだな、とジュウは幼心に思ったものだ。

だいたい、愛って何なんだろう？

テレビや映画や小説ではよく出てくるし、現実にもあるらしいのだが。

ジュウは握り飯を飲み込むと、そんな漠然とした疑問を口にしてみた。

「なあ、愛って何だと思う？」

「五十音最初の二文字です」

「………」

「失礼しました」

雨はペコリと頭を下げた。彼女が冗談を言うとは、今日はよほど機嫌が良いらしい。ジュウと二人で昼食を取るというシチュエーションは、彼女にとって素晴らしいことなのかもしれない。別に初めての経験でもないだろうに。ジュウには、よくわからない感覚だ。

雨は弁当箱の上に箸を置くと、静かに言った。

「わたしの解釈になりますが、よろしいですか？」

「ああ」

それでは、と前置きしてから、雨は答える。

「愛とは、自分以外の誰かの幸せを願う気持ちのことです。それは、おそらくは人間にしか理解できないもの。人間にしか持つことはできないもの。あらゆる理論を飛び越え、本能すら捻じ伏せるほどの強い気持ち。人間など滅んだ方が良いという者も世の中にはいますが、わたしはそうは思いません。愛という感情がある、ただその一点だけでも、人間という生物には価値があると思います」

「自分以外の誰かの幸せね……」

納得できないこともないが、改めて考えてみると、自分にそんな感情が芽生えたことがあったとは思えず、ジュウは不安になった。

そういう感情を持てない自分には、人間としての価値がないのだろうか。

「俺にはないかもな、そういうの……」

「そんなことはありません」

雨はきっぱり否定した。

「今まさに、わたしは実感しています」

たかが昼食に誘ったことに、そこまで深い意味を求めるのか、こいつは……。

ジュウが内心で呆(あき)れていると、校内に設置されたスピーカーから軽やかな木琴(もっきん)の音が流れた。校内放送が始まる合図。珍しいことではないので周囲の誰も気にせず、ジュウも気にしなかったが、その内容はジュウと無関係ではなかった。

「二年十三組の柔沢ジュウくん。二年十三組の柔沢ジュウくん。至急、生徒会室まで来てください」

それだけを告げ、スピーカーからの声は消えた。

「いったい何でしょうか？」

不思議そうに見上げてくる雨に、ジュウは渋い顔しか見せられなかった。

これは、かなり面倒(めんどう)なことになったのかもしれない。

桜霧(さくらぎり)高校の生徒会室は校舎の五階、その一番端にあった。普通の生徒は滅多(めった)に近寄らない場所であり、どこにあるのか知らない生徒もいるだろう。ジュウもそうだった。ジュウは残りの握り飯を片付けて立ち上がると、雨に生徒会室の場所を訊き、そこに向かおうとしたが、当然のごとく雨も同行した。

食べかけの弁当箱をハンカチで包んで持ち、雨は静かにジュウの隣を歩く。

「呼ばれたのは俺一人だぞ」

「ご案内します」

案内されるほどの距離ではなかったが雨は聞かず、ジュウも諦(あきら)めてそのまま生徒会室に向かった。屋上から階段を下り、廊下をしばらく歩けばすぐの場所。

生徒会とは、限定的な自治権を与えられた生徒たちの集団だ。ジュウなどは目の仇にされていてもおかしくはないが、話し合いの通じる人間ではないと思われているのか、今まで特に向こうから接触してきたことはなかった。こうして生徒会室にまで呼び出されるのは、初めての経験。

理由を考えてみる。

ジュウは最近、校内で問題を起こしてはいないし、今さら、夏休み前の事件について追及されるということもないだろう。となると、やはり思い当たる理由は一つ。例の噂話が生徒会の耳に入り、ようやく重い腰を上げた、というところか。

もしそうだとしたら……。

ジュウはちらりと隣の雨を見たが、彼女に途中で引き返す様子はなく、ジュウが説得するのも難しそうだった。命令すれば従うだろうが、この状況でそうするのはくだらない見栄のような気がする。本当は呼び出しなど無視してもいいのだが、これまた雨の見ている前では選びにくい選択肢。まったく、くだらない見栄だ。そもそも見栄とは、くだらないものなのかもしれないが。

そうこう悩んでいるうちに、ジュウと雨は生徒会室の前に到着。それを待ち構えていたかのように、廊下には数人の生徒が立っていた。ジュウが来たのを見て、報告のために一人が部屋の中に入る。残った生徒たちはジュウのために道を空けたが、ジュウに続いて雨が進むのを見て呼び止めた。

「おい、待て！　中に入るのは柔沢だけだ。関係ない者は入るな」

雨は静かに、だが力強く反論する。

「無関係ではありません。わたしとジュウ様の絆は、地底王国アガルタの最深部よりも深く、エクスカリバーでも絶ち切れないほどに強固。その硬度はオリハルコンすら上回ります」

「………………な、何を言ってるんだ、君は？」

一瞬の空白があったのは、雨の発言内容を理解できなかったからだろう。

無理もないよな、と少し同情しながら、ジュウが言う。

「あー、こいつのことは気にしないでくれ。外で待たせるから」

「いいえ、ジュウ様。わたしもお伴いたします」

「呼ばれたのは俺だけだ」

「その理由が不明である以上、警戒は必要です。ジュウ様のお命を狙う何者かが企んだ罠、という可能性もありますので」

自分が誰かに命を狙われるほどの人物とはまるで思わないジュウだが、雨の認識は違う。雨にとってジュウは前世から仕える主であり、最重要人物。生徒会だろうと何だろうと、少しでもジュウに危害を加える可能性があるならば、ジュウを守るのみ。それが彼女の使命だ。

ジュウも、彼女がいれば心強いのは承知しているが、心強すぎて逆に厄介なことになりかねないような気もするし、できれば一人で解決したかった。だが、雨を納得させるような言葉など、なかなか見つかるものではない。

ジュウが困っていると、扉越しに部屋の中から声が聞こえた。

「何をしてるの？　柔沢くん、早く入ってきなさい」

急かされては仕方がない。

なるようになれと、ジュウは扉を開き、雨を連れて部屋に入る。

室内にある会議用の机を囲んでいるのは、数人だけだった。一番奥に座っている女子生徒が、おそらくこの場の中心人物だろう。スカーフの色からしてジュウと同学年だ。派手な美人、というのがジュウの抱いた印象。化粧をすれば、女子大生としても通用しそうな貫禄のようなものがある。

その女子生徒は、ジュウと一緒に入ってきた雨に怪訝そうな眼差しを向けた。

「……どういうこと？　呼び出したのは、柔沢くんだけのはずよ」

「万が一のため、わたしも同席させていただきます」

「万が一って……」

　女子生徒はそこで言葉を切り、思案顔で続ける。

「……あなた、堕花雨さんよね、同じクラスの」

「はい、綾瀬一子さん」

　どうやらこの女子生徒の名前は、綾瀬一子というらしい。雨と同じクラスということは、特進クラスに在籍しているのだろう。

「堕花さん。万が一というのは、どういう意味？」

「ジュウ様をわざわざ呼び出した理由が不明である以上、用心しているということです」

「ジュウ……さま？」

　一子はそこで再び思案顔になったが、理解するのを諦めたようだった。

　賢明な判断だ、とジュウは思う。

「柔沢くんが呼び出された理由を、あなたは知らないのね？」

「知りません」

「なら、教えてあげる。そこにいる柔沢ジュウくんには、昨日、電車内で痴漢行為を働いた疑いがあるのよ」

「痴漢？」

雨にじっと見つめられ、ジュウは慌てて顔の前で手を振った。

「いや、違う、俺は何も……」

一子は説明を続ける。

「彼はその場を煙に巻くために、公衆の面前で、恋人と淫らなことまでして見せたそうよ」

「恋人?」

またしても雨にじっと見つめられ、ジュウは否定の言葉を発しようとしたが、これに関しては自然と声も小さくなる。一部事実だから。

「いや、それは、ちょっと違うっていうか、大筋ではそうだけど、細部は違うっていうか……」

嫌な汗が背筋を流れた。

何だってこんな言い訳をしなければならんのだ。

「こうして柔沢くんを呼び出したのは、噂に関する弁解の機会を与えてあげるためです。もし事実であるなら、生徒会としては、風紀の維持のためにも見過ごせないしね」

「本人の口から真偽の程をたしかめよう、というわけですね?」

「そういうことよ」

一子は雨に頷き、二人に椅子に座るよう促した。雨の同席を認めたのは、たいした障害にはならないと判断したからか。ジュウは、雨に黙っているよう指示する。

ジュウたちと向かい合う形になった彼女は、本題に入る前に、まず自己紹介をした。

「では、改めて。わたしは綾瀬一子。そこの堕花さんと同じクラスです。生徒会の副会長を務めています」

話しているのは一子だけで、他の生徒たちはその側に控えるように黙っていた。誰も不満そうな顔をしていないことから、彼女の立場の強さが窺える。

「柔沢くん。あなたの反応からして、噂話がデマではないということはわかったわ。それで、あなた、痴漢をやったのね？」

「俺はやってない」

「それなら、その後で恋人と逃げたというのはどういうこと？　どうしてちゃんと、自分の無実を主張しなかったの？」

「したけど、信じてもらえなかったし、それに、あいつは別に恋人じゃ……」

ジュウはそこで言葉を濁した。光が恋人ではないと言えば、さらに余計なことまで詮索されそうな雰囲気だ。どこまで話せばいいのだろう。

「あなたは痴漢をやった。そして逃げた。本当に無実なら、逃げる必要はないものね」

「だからやってないって言ってるだろ！」

「証拠は？」

「それは……」

「痴漢をやってない証拠はあるの？」

一子の追及に、ジュウは反論できない。それを見かねて従者は動く。

「やっていないことを証明するのは、やったことを証明するよりも遙かに困難。これを悪魔の証明と言います。綾瀬さんの今の質問は、まさにそれです」

「何を大袈裟なことを……。堕花さん、あなたには訊いてないわ」

「ジュウ様は、痴漢などしません」

「どうしてそう言い切れるの？」

「柔沢ジュウ様だからです」

説明になってない、と言いたげな一子にかまわず、雨は自信満々に続けた。

「理由は、それで十分でしょう」

ジュウは横を向き、軽く息を吐く。

まるで親バカな母に守られる子供のような気分だった。経験はないけれど。

一子はしばらく雨の様子を観察していたが、やがて口元を歪めた。

「……これは、たいしたものね」

低い声で笑い、一子は言う。

「柔沢くん。彼女、よく手懐けてあるじゃない」

「は？」

「昨日の子が本命で、堕花さんは予備？」

「おい、おまえ……」

「堕花さんはクラスでも目立たない子で、ろくに会話したこともなかったけど、決してバカじゃないわ。それを、まさかこれほど従順になるよう仕込むとは……。あなたへの認識、改める必要があるかしらね。……ああ、そういえば」

一子の笑みに、侮蔑の成分が加わった。

「あなた、あの紗月美夜さんともいい仲だったそうね？　それなら……」

ジュウは机を割るような勢いで殴りつけ、椅子から立ち上がった。

「帰る」

「えっ、こんなので怒ったわけ？」

ジュウはそれを無視して雨を立ち上がらせると、扉に向けて背中を押し、自分も歩き出す。

余計なことに触れやがって。もうこんな奴の話に付き合う気はない。

「待ちなさい」

一子は意外なほど素早く移動し、ジュウの腕を摑んで止めた。

周りの生徒たちはジュウを恐れているのか、躊躇するばかりで動かない。

「柔沢くん、勝手な退出は許しません」

逃がさない、という一子の視線。

「放せ！」

ジュウは荒っぽく彼女の手を振り払う。一子は小さな悲鳴を上げ、後ろに倒れた。その拍子に机の角で頭を打ったらしく、彼女は手で頭を押さえた。

……やり過ぎたか。

舌打ちしつつ、ジュウは彼女を助け起こそうとしたが、その表情を見て止まる。

一子は笑っていたのだ。

頭から流れる血は額から目にまで届いていたが、彼女は笑っていた。

「これは大変。生徒会の人間に暴力を振るい、怪我をさせるなんて。しかもその理由が、痴漢の件を追及されて逆上したからなんて」

血塗れの顔で微笑みながら、一子はジュウを見上げる。

「どうしましょうか、柔沢くん?」

ジュウは、何も言い返せなかった。


六時限目の授業が終わると、ジュウは担任の中溝から生徒指導室に来るように言われた。

昼休み、怪我をした一子は、結局そのままジュウを解放したが、もちろんそれで終わったわけではなかった。すぐに新たな噂が広まったのだ。痴漢の件を追及されて逆ギレしたジュウが、生徒会の副会長に暴力を振るって怪我を負わせた、という内容。一子が漏らしたのか、それともあのとき周りにいた生徒会の人間が漏らしたのかはわからないが、それによってジュウに向けられる視線はさらに厳しいものに変化した。

そして、今度は生徒指導室への呼び出しだ。

ついに退学かな、とジュウは覚悟した。今までそうならなかったのが不思議なくらいなので、もしそうなっても驚きはない。この学校から追い出されても失うものはない、と思う。少なくとも、悲しいという感情は湧いてこなかった。

その程度なのだ、柔沢ジュウにとっての学校なんてものは。

退学になったら雨は悲しむかもしれない。

紅香は……どうだろう?

笑われるか、殴られるか。それはジュウにも想像がつかなかった。

まあ、どうでもいい。なるようになれだ。

ジュウは生徒指導室に乗り込む。そこで待っていたのは三人。中溝と、頭に包帯を巻いた綾瀬一子以外に、もう一人いた。メガネの似合う理知的な顔立ちで、口元に柔和(にゅうわ)な笑みを浮かべる少女。白石香里(しらいしかおり)と名乗る彼女のことを、ジュウはしばらく顔を凝視(ぎょうし)することでようやく思い出した。三年生で、たしか生徒会長だったはずだ。朝礼で、全校生徒を前に話している姿を見た記憶がある。

担任教師に生徒会長、そして副会長。

不良生徒一人の退学を決めるのには、十分な布陣だろう。

ジュウが呼び出された理由は二つ。痴漢疑惑(ぎわく)。そして、綾瀬一子への暴力行為。

どちらも弁解は難しく、ジュウは投げやりな態度で臨(のぞ)んだが、事態は予想と違う方向へと動いた。

まず話し合いの前に、香里がジュウに詫びたのだ。ジュウを生徒会室に呼んで問い詰めたのは一子の独断によるものだったらしく、責任者として、彼女はジュウにその横暴さを詫びた。

「すまんかったな、柔沢くん」

「ああ、まあ……」

拍子抜けし、曖昧な返事をするジュウの前で、さらに予想外の事態は続く。

ジュウの痴漢行為を確定的なものとして訴える一子に対して、香里はまともに取り合わなかったのだ。ジュウ自身が犯行を否定しており、噂の出所である目撃者というのも誰だかハッキリしない以上、こんな話し合いは無意味だ、と香里は言った。

「柔沢くんが現行犯で捕まらず、こうして自由の身でおるんは、なんも証拠がなかったからやないの？　彼がほんまに疑わしい人物なら、どんな誤魔化し方をしても逃げられるとは思えへんし。警察も、そんな甘くないやろ」

冷静に状況を分析した上で穏便に事を処理するのが、香里の性格らしい。彼女はジュウと中溝の意見も聞きながら落ち着いて判断し、一子の訴えを退けた。寛大というべきか、事なかれ主義というべきか。集団のまとめ役として見た場合、強気な一子の方が熱狂的に支持されるだろうが、香里の方が長く上手くまとめてみせるだろう。

さすがは生徒会長ということか、とジュウが感心する前で、さらに話は続く。

ジュウが一子に怪我を負わせた件だ。

正直なところ、一子の倒れ方がジュウには少し不自然にも見えたが、きっかけは自分なのだし、言い逃れする気はなかった。

　二人からそれぞれ話を聞いた香里は、思案するように腕を組んだ。

「……柔沢くん。とにかく、綾瀬さんに謝りなさい」

「悪かった」

　頭を下げるジュウを見てから、香里は言う。

「保健の先生に訊いたら、怪我の程度は全治一週間。頭やし、出血は多いけど、跡は残らん小さな傷や。謝罪で済むレベルやと、わたしは思う」

　香里のこの判断に中溝は頷いたが、一子は当然のごとく納得しなかった。

　怪我はたしかに軽微だが、問題はそこではなく、ジュウのような不良生徒がいることであると主張し、ジュウの退学を求めた。

「退学か……」

　香里はため息を吐く。

　彼女の癖にも見えるそれは、普段からの気苦労の多さを窺わせた。

「今回の件は、綾瀬さんの勝手な判断と行動が招いたことでもある。無実の罪で呼び出され、柔沢くんには大いに追及されたら、そら誰でも不愉快になるわな。もちろん、暴力は許せへんし、柔沢くんにも大いに反省してもらわんといかん。でも、怪我の程度を考えたら、こんなもんや。綾瀬さんにも落ち度はあるんやから、このへんで妥協してくれへん？」

　一子はジュウを呼び出す際、それが香里からの指示であると生徒会の人間には伝えていたらしい。その方が周りを動かしやすいという考えからなのだろうが、それに関しては一子も弁解の余地がなく、黙るしかないようだった。

「……わかりました」

香里に見つめられた一子は、意外なほどあっさり退いた。それは納得したというよりも、叶う見込みのないことにいつまでも固執しない性格、ということなのだろう。見切りが早い。

そこで話は終わり、この場は解散となった。中溝と香里に軽く一礼してから一子は退出し、中溝も疲れた様子で部屋を出て行く。ジュウもさっさと帰ろうとしたが、香里に呼びとめられた。

「柔沢くん」

さっきよりも少しだけ厳しい表情で、香里は言う。

「今回は大目に見るけど、次に何かしたら、ほんまに退学させられるかもしれへんよ」

「邪魔なら、さっさと退学させちまえばいいじゃねえか」

「君、最初から退学するつもりで学校に入ったん？」

「それは……」

言葉に詰まるジュウを見て、香里は少し表情を緩めた。

「……君、少し感じ変わったな。前はもっと、こう、周り全部が敵みたいな顔しとったけど、今はそうでもない」

またしても言葉に詰まるジュウに、香里は続ける。

「学校から追い出されそうになる気持ちは、わからんでもないんよ。わたしも昔、味わったことあるから」

「あんたが？」

疑わしげな眼差しを向けてくるジュウに、香里は少し笑った。

「中学の頃やけどな」

「へえ、何かヤバイことでもやったのか？」

「人殺し」

「えっ？」

「まあ、いろいろあったんよ……」

香里はため息を吐くと、暗い思いを振りきるように明るく言った。

「でもな、ほら、今はこうして立派に更生してるやろ？　何だかんだと、生徒会長にまでなったしな。だから、君にもチャンスあげる。わたしが思うに、君みたいな人間にこそ教育は必要なんや。君は、ちゃんと学校に来なあかん。ええな？」

「それは、まあ……」

「また何か困ったことがあったら、わたしのとこへ言いに来て。生徒会長なんて、要するに苦情処理係の元締めみたいなもんやしな」

疲れることばっかしなんよ、と肩を叩きながら香里は苦笑した。

それにつられて、ジュウも思わず苦笑する。

彼女がどこまで本音で話してるのかはわからないが、悪い人間じゃないようだった。

名前くらいは覚えておこう。

「白石先輩！」

数人の生徒が香里に駆け寄り、揃って頭を下げた。一子と一緒に生徒会室にいた生徒たちだ。香里の指示と信じてやったのだと弁解する彼らに、香里は「もうええよ」と一言で済ませ、ジュウの方に向いた。

「柔沢くんも、もう怒っとらんよな？」

「まあな……」

消化不良な気もするが、ここらへんで妥協するべきだろう。

「みんな。柔沢くん、これから真面目になるそうやから、応援したってな」

戸惑いながらも彼らは頷き、香里を尊敬の眼差しで見ていた。

学校一の不良を生徒会長が指導した図、なのかもしれない。

まあいいかと思い、ジュウは何も言わなかった。

一応問題は解決したのだ。他力本願なオチではあるけれど。

ジュウが教室に鞄を取りに戻り、下駄箱に行くと、そこには帰り支度をした雨が立っていた。

「待ってたのか?」

「はい」

律義な奴だな。

何となく雨の頭を軽く叩き、ジュウは彼女を連れて校舎を出る。

歩き出してすぐに、雨はジュウに頭を下げた。

「ジュウ様、今日は申し訳ありませんでした」

「何が?」

「ジュウ様をお守りできず、それどころか余計な醜聞が広まる事態になってしまい……」

「おまえが気にすることじゃない」

昼休みに別れる際、雨は何らかの対策を講ずることを提案したのだが、ジュウはそれを拒否し、雨には「関わるな」と言っていたのだ。余計な火の粉が彼女にまで及んでしまうのは不本意であるし、今回の件は全て自業自得だと思ったからだ。

心底すまなそうにしている雨を元気づけるように、ジュウは生徒指導室での会話を伝えた。

雨は少し驚いていたが、白石香里の名前を聞いて頷く。

「なるほど、白石先輩ですか……」

「わりといい奴だな」

「わたしは面識はありませんが、悪い噂は聞かない人物ですね」

雨が言うには、香里は入学以来、全教科で学年首位の座を維持し続けている秀才。二年生のときから生徒会長を務め、周囲からの人望も厚く、いろいろと相談する生徒も多いという。

対する一子も、香里に負けず劣らずの秀才らしい。気位が高く近寄りがたい雰囲気のせいか、香里ほどの人望はないが、成績は雨よりも上だ。もっとも、ジュウの見るところ、この堕花雨という少女がはたして学校の成績維持にどれだけの力を注いでいるのか、やや疑問もある。

もしもジュウが、

「今度のテストで全教科満点取ってみろ」

と言えば、雨は難なくそれを成し遂げるような気もする。

過大評価しているだけなのかもしれないが、そう思わせる何かを彼女が持っているのはたしかだ。そういう底知れない部分があるのは羨ましいと、ジュウは思う。

自分は底の浅い人間だから。

今回の件で、ジュウはいろいろと制約をつけられたとも言える。

今度また何か問題を起こしたら、香里が警告したように、さすがに退学になるだろう。

当分はおとなしくするべきか。

「ちなみに、おまえ、俺が痴漢をやったとは思わないのか？」

無意味かもしれず、大事かもしれない確認事項。

雨は平然と頷いた。

「思いません」

どうしてそう思わないのか、そんな理由など考えることもなく、彼女はジュウを信じている。

完全に、完璧に信じている。

少しも疑われないというのは、それはそれで寂しいもの。

自分勝手な感想だと自覚しながらも、ジュウはそう思った。

「ジュウ様、噂話の件ですが、何か手を打ちましょうか？」

雨からの提案。任せるのは安心のようで、不安だ。

彼女はいつも合理的だが、やり方に容赦がない。

「まあ、噂話なんてのはそのうち消えるから、別にいいだろ」

へたに動く方が逆効果だとジュウは思うのだが、雨は思案するように黙っていた。

向かい風の冷たさが心地良い。ジュウはぬるま湯に浸かるような夏も好きだが、熱さが遠ざかっていく秋も好きだった。夏が活動期で冬が停滞期だとしたら、秋はその中間で、そのまどろむような空気がいいと思う。暇があれば居眠りしたくなる。春は、みんなが活発になり始める時期だが、そのそわそわした空気があまり好きじゃない。何もやることがないジュウは、なんとなく取り残されたような気持ちになるからだ。

電柱に鎖で繋がれた犬の周りにランドセルを背負った小学生たちが群がり、楽しそうにはしゃいでいた。犬はおとなしくされるがままで、それが可愛いのだろう。

ジュウは一度もペットを飼いたいと思ったことがない。幼い頃から動物はそれなりに好きだったが、飼いたいとまでは思わなかった。動物の方が自分よりもずっと素直で可愛いのが、悔しかったのだ。家に動物がいて、紅香がそちらの方ばかりをかまうようになったら嫌だ、などとつまらない嫉妬を感じていたような気もする。

駅前の商店街に差しかかり、その喧騒に包まれた頃、雨は口を開いた。

「……今回の件、どうも妙な感じがするのです」

まだ考えてたのか、と感心しながらも、ジュウは訊く。

「妙って、どんな?」

「最近、うちの学校の生徒に不審な出来事が起きています」

不審な出来事というのは、要するに嫌がらせ。近頃、各所で何者かによる嫌がらせが頻発していたのだ。場所は主に校内だが、学校の外でも多くの生徒が被害に遭っていた。嫌がらせの内容はというと、例えば財布がなくなる、腕時計がなくなる、恋人の写真がなくなる、携帯電話がなくなる、机を傷つけられる、机の中に生ゴミを入れられる、筆箱の中身を全部折られる、弁当箱の中にチョークの粉を入れられる、上履きの中に画鋲を入れられる、上履きがなくなる、体育着を切られる、鞄に絵の具を付けられる、ノートを接着剤で開かないようにされる、通学に使っていた自転車のタイヤをパンクさせられる……等々。

どれも警察に届けてもまともに捜査してくれないほど些細な、しかし、やられた本人には不愉快なことばかりだった。被害に遭っている生徒は何人もおり、雨もそれに含まれる。数日前、体育の授業が終わって教室に戻ると、教科書が破かれていたらしい。普通に考えればイジメのようなものだが、それにしては被害者の数が多すぎだ。

ジュウにとっては初耳だったが、それは単に注意力不足によるもので、校内ではそれなりに知られていることだという。

「まあ、一種のテロみたいなもんか……。暇な奴がいるもんだな」

「学校側は、どうも大事にはしたくないようです」

被害を受けた生徒の中には、警察に通報しようと訴えた者もいるそうだが、学校側は渋っているらしい。それには夏休み前の事件が影響している。連続通り魔事件の加害者と被害者。その両方を生徒から出したことで評判を落とした学校側としては、これ以上の問題は好ましくなく、なるべく内々で処理したいのだろう。そういう面で見れば、あの白石香里はまさに生徒会長に適任。集まる苦情を穏便に片付けてくれる。

細い指を顎に当てながら、雨は言う。

「もしかすると、ジュウ様の巻き込まれた痴漢疑惑というのも、その一つではないかと思えるのです」

「そりゃあ、いくら何でも考え過ぎだろ?」

「考え過ぎかもしれませんし、考えが足りないのかもしれません」

いつも綺麗に制服を着こなし、言動にも淀みのない雨は、その内面においても、いわゆる「だらしなさ」のようなものがない。ジュウのように「面倒だから考えるのをやめる」とか、

「もう疲れたからどうでもいい」という思考にはならない。何でも曖昧にはせず、自分なりの答えや解釈を得るまで思考をやめないのだ。そんな彼女が、曖昧さの塊にしか見えないオカルトが大好きというのがジュウには不可解であったりもしたが、もしかすると、彼女はあえてその曖昧さを楽しんでいるのかもしれない。だからこその趣味。

「ジュウ様のお許しがいただければ、詳しく調べてみようと思います」

すぐにでも行動を起こしそうな雨に対し、ジュウは冷静に言う。

「調べてどうする?」

「根元を潰します」

「やめとけ」

「ですが……」

「万が一、おまえの睨んだ通りだったとしても、そんなのは放っておけばいい」

昨日の痴漢疑惑が誰かの仕組んだもので、真犯人がいるのなら一発殴ってやりたいという気持ちは、ジュウにもある。しかしそれも、しばらくすれば薄れていくだろう。

ジュウは、あまり長い間、誰かを恨み続けるというのが苦手だった。そんなのは、常に自分の思考の一部を他人が占拠するようなもの。時の流れに任せて、さっさと忘れるのがいい。もちろん、中には例外もあるのだが、今回の件はそれほどでもなかった。

放っておけるものは、放っておけばいいのだ。

それに何より。

「トラブルは、もう御免(ごめん)だよ」

雨はまだ何か言いたそうだったが、ジュウの決定とあれば逆らわない。

隣にいる雨に気づかれぬように、ジュウはそっとため息を吐いた。

夏休み前のこと。そしてその後にあった、えぐり魔のこと。

決して記憶から消えてはくれない、あの出来事。

ジュウの心は、休養を欲しているような気がした。

しばらくは怠(なま)けているのがいいと思う。

本来、柔沢ジュウという人間は怠け者なのだ。

その気性に、今は素直に従おう。

駅の改札口を通り、階段を上がろうとしたとき、不意に雨は言った。

「……あの、ジュウ様、一つだけ質問してもよろしいでしょうか？」

「何だ？」

「綾瀬さんが言っていたジュウ様の恋人とは、誰のことですか？」

「………」

……忘れてた。

どう説明しよう？

ジュウが怠けられるのは、この誤解をといてからになりそうだった。

第2章　糖分と思考の甘い関係

日曜日。昼頃まで布団の中で過ごしたジュウは、起きてもリビングで食パンなどを齧りながらぼーっとテレビを眺めていた。どうでもいいバラエティ番組を瞳に映しつつ、何度も欠伸を漏らす。やたらと眠い。

そう、寝不足なのだ、こんな時間まで寝たのにも拘わらず。

冷蔵庫からよく冷えた牛乳パックを取り出し、直接口をつけて一息に飲む。喉を通る冷たい感触が体の中心にまで行き渡り、深い息を吐くと、どうにか頭が冴えてきた。それと同時に、ため息が出る。

テレビでは占い師のお婆さんが、芸能人に向かって何やら偉そうに説教をしていた。普段の行いが悪いから、身の回りで悪いことが起きるのだと。超常現象完全否定派のジュウは、占いも信じないが、ひょっとすると運勢というのは本当にあるのかもしれないと、今なら思えた。

先週一週間は、思い返すのも憂鬱な出来事ばかりだったのだ。

痴漢疑惑と綾瀬一子への暴行に関しての噂は、終息を宣言した白石香里の言葉にウソはなく、次第に消える傾向にある。周囲の視線が急に変わることはないが、そのうち元に戻るだろう。軽蔑から無関心へと。生徒会として噂を打ち消してくれたらしい香里に、ジュウは感謝した。だが、それにホッとしたのも束の間、翌日からジュウの周辺で妙なことが起き始めたのだ。

まずは火曜日の一時限目のこと。古典の授業の用意をしようと机から筆箱を取り出したとき、ジュウは筆箱から変な音が聞こえたのに気づいた。筆箱を開けてみると、中にあるボールペンとシャーペンが真っ二つに折られ、消しゴムは小さな欠片に変わり果てていた。ジュウは、教科書は家に持ち帰るが、筆箱はいつも置いていく。わざわざ持ち帰る意味がないような気がするからだ。力任せに折られたらしい、ボールペンとシャーペン。そのプラスチックの破片が筆箱の底に粉状で残り、ゴミと化した消しゴムがそれに混じっていた。

筆箱を持ったまま、ジュウは少し笑ってしまう。

なんとも懐かしいことをしやがる……。

この種の行為をされるのは、初めての経験ではない。小学校のとき以来である。

まだ小さくて弱くて脆くて、泣くことが一番強い感情表現だった、幼い頃以来。

まさかこの歳になって、また同じことがあるとは。昔なら、自分の筆箱の中身がこんなことになっていたら、ジュウは間違いなく泣いていただろう。相談する友達はおらず、頼りになる教師もおらず、母親は放任主義で、どうにもならなくて、毎日が地獄のようだった。

だが今は、違う。

復讐は好きじゃないが、反撃は大好き。

それは母、紅香のポリシー。いつも身勝手な彼女だが、たまには同感できることもある。

古典の教師が教室に入って来ると、生徒は起立、そして礼。それを済ませながら、ジュウはそれとなく周りの様子を探ってみた。やった奴は必ずこちらの反応を窺うはずだ。こういう嫌がらせは、それこそが醍醐味なのだから。

数分間、ジュウは注意深く他の生徒の視線や動きを観察していたが、誰一人としてこちらを気にしている者はいなかった。

このクラスの奴がやったんじゃないのか？

自分に恨みを持つ者として真っ先に思い浮かぶのは、三年生の不良グループだが、あの連中にはもはや根本的な戦意のようなものが無くなっているように見えた。たまに廊下ですれ違うときなど、こちらには目も向けず、いつも足早に去っていく。何らかの形で復讐してくる可能性はあるが、こんな効果も不確かで幼稚な嫌がらせを仕掛けてくるとは、ちょっと考えにくかった。実行そのものは、たいして困難ではない。朝早く、あるいは放課後、ジュウのいないときを見計らって教室に入れば簡単にできる。仮に、クラスの誰かがそれを目撃したとしても、ジュウのことを心配して注意するとは思えない。

誰にでも実行可能、というわけだ。

しかし誰が？

ジュウは適当に古典の授業を聞き流しながら、筆記具の代わりになりそうなものはないか探したが、何も見つからないので諦めた。もとから、それほど真面目にノートをとる方でもない。休み時間になり、ジュウが筆箱の中身をゴミ箱に捨てていると、その姿を周りの生徒たちの何人かが見ていた。悪意のある視線ではなく、何やってんだこいつ、という類のものだ。

さすがに、ジュウは他の生徒の反応も窺ったが、特に怪しい者はいないようだった。

そこで、全員にいちいち訊いて回る気にはなれないしな……。

ジュウは雨から聞いた話を思い出す。

……まさか、これが例の嫌がらせ、とか？

その通りだった。それから先、土曜日の深夜まで、ジュウは様々な嫌がらせに悩まされることになったのだ。椅子に画鋲を置かれたり、机に傷をつけられたりという単純なものから、不幸の手紙という古典的なものまで様々。不幸の手紙は「この手紙を受け取った者は～」というありがちな文面や、「死ね」という赤文字で埋め尽くされたものなどが日替わりで机に入れられ、カミソリの刃も毎回同封されていた。

一つ一つは軽微なもので、無視できないこともない。だがそれらが重なれば、精神的な疲労は意外と大きかった。

特に昨日の夜中の、百回以上も続いた無言電話には、ジュウも参っていた。狙われたのは自宅の電話。テレビなどでそういう嫌がらせがあると聞いたことはあったジュウだが、実際に体験してみると、なるほどこれは効くなと思った。電話のベルが鳴るたびに疲れが溜まり、気持ちが重くなっていく。これなら、ノイローゼになる者だっているだろう。電話線を抜けば済むことではあるが、それは何となく負けのような気がしたので、ジュウはテレビの音量を上げるなどしてベルに耐え続けた。だが、夜中の三時を過ぎてもまだ鳴り続ける電話のベルにさすがに嫌気が差し、ジュウはついに電話線を引き抜いた。それでどうにか寝たのだが、電話のベルは夢の中でも鳴っていたような気がする。しばらくは聞きたくない気分だ。

　つまり、雨の心配は当たっていたわけである。どうやら、どこかの誰かがやってる無差別テロに、ジュウも巻き込まれてしまったらしい。あの痴漢疑惑も誰かの仕掛けた嫌がらせである、という雨の考えも正しいのかもしれないが、それは今さら確かめようもない。

　シャワーを浴びて眠気を追い出し、ジュウは新聞に軽く目を通した。相変わらず陰惨なニュースが多い。今朝は、近所の子供たちに毒入りのお菓子を食べさせて殺した老人の事件が一面に載っていた。他にも、朝の電車内で突然包丁を振り回して暴れた男の事件や、夜中に歩道橋の上から車を目がけてコンクリートのブロックを落とし、何度も交通事故を引き起こしていた少年の事件など。あっちでもこっちでも人が死ぬ。いろんな方法で殺される。命の価値が軽くなる一方の社会。その行く末は真っ暗だろう。詳しく知りたくもないものばかりで、すぐに読む場所がなくなった。ろくに読まないのなら新聞を取る意味もないのだが、いつもは愛人宅にいるらしい紅香がたまに帰ってきた際、彼女が溜まった新聞を読むことがあるので、新聞用のラックに一応詰めておく。今頃は何やってることか、あのババアは、と思いながらまた大きな欠伸を漏らし、ジュウは引き抜かれたままの電話線に気づいた。

　そろそろ戻しておこうか。少し警戒しながら、ジュウは電話線を戻す。

途端に電話が鳴った。昨夜の影響で耳が痛い。

無意味と知りつつ、ジュウは電話機を睨(にら)む。やめた。機械に罪はない。

指で摘(つま)むようにして受話器を持ち上げ、耳に当てた。

息を整え、なるべく冷静に言う。

「もしもし」

「おう、柔沢(じゅうざわ)！　おまえ今日暇(ひま)か？　ちょっくら付き合えや、コラ！」

「………」

「何シカトこいてんだよ！」

「………」

「あんま舐(な)めた態度とると、ぶっ飛ばすぞボケ！」

「切るぞ」

「うわ、待って切らないで冗談ですゴメンなさい！」

電話は雪姫(ゆきひめ)からだった。

「ああ、もう、今日の柔沢くんはテンション低いなあ。欲求不満ですか？　それならいい同人誌があるから贈呈(ぞうてい)するよ。三次元がいいなら、うーん、ここはこの雪姫さんが一肌(ひとはだ)脱いで差し上げても……」

「早く用件を言え」

「えーとね、声が聞きたかったの」

「じゃあもういいな、切るぞ」

「待った待った！　あのね、今日これからどっかで遊ばない？」

「……遊ばない」

「あっ、今一瞬答えに間があった！　それは迷いと見た！　あたしの勝ち！」

「じゃあな」

「わーっ、切らないで！」

断っても良かったが、これから特に予定はないし、家でゴロゴロするのはもったいない。

それなら誘いに乗ってもいいか、と考えたところで、ジュウは自分の考えに苦笑した。

この柔沢ジュウが、女からの誘いに簡単に乗ってしまうとは。

まったくもって、自分は随分（ずいぶん）と軟弱になった。紅香などに言わせれば、ジュウは生まれてからずっと軟弱らしいのだが、さらに弱くなったということだろうか。

たまに思うのだ。人は歳を取るにつれて変わっていく。良くも悪くも変わっていく。

いつか自分も、恋人を作ったり結婚を考えたり家庭を持ったりするような人間になるのだろうかと。そんな未来を夢見ることがあるのだろうかと。

そんな、人並の幸せを望む日がくるのだろうかと。

「まあ、いいだろ」

このうるさい女と会えば、少しは気が紛（まぎ）れるかもしれない。

ジュウは雪姫の誘いを承諾（しょうだく）。

一時間後に会う約束をし、電話を切った。

電車に乗り、待ち合わせの場所であるドラッグストアの前に行ってみると、雪姫はジュウの知らない男たちと何やら話をしていた。男たちは、いかにもファッション雑誌を参考にしたような服装の二人組で、雪姫をナンパしているようだった。

愛想の良い口調で、男は言う。

「君、すっげえ可愛いね。モデルとかやってる?」

「やってない」

「あのさ、これから俺らと遊ばない?」

「遊ばない」

「何でも好きなものオゴるよ。何が好き?」

「二度寝」

「……じゃあ、何が嫌い?」

「あんたらみたいの」

笑顔できっぱり拒絶する雪姫に、男たちは機嫌を悪くし、足元に唾を吐いてから去って行った。それと入れ替わるように、ジュウは雪姫に声をかける。

「容赦ないな、おまえも」

「あ、柔沢くん、見てたの？」

「俺とあいつらに、そんな差があるとは思えないがね」

「それは、間接的にあたしや雨を侮辱する発言だと思う」

少し怒ったような顔で、雪姫は胸の前で腕を組む。今日の雪姫はTシャツの上にGジャンを着て、下には古びたジーンズを穿いていた。Tシャツには「I LOVE VIOLENCE」という文字。

何着ても似合う奴だよな、とジュウは思う。男から声をかけられるのも無理はない。

「あたし、ナンパって嫌いなんだよね。嫌いな人から気安くされるのが嫌なの。すっごく嫌。……あ、今あたしがしゃべった中に『嫌』って文字が四回も出てくるね。そのくらい嫌ってことだよ。これで計六回」

彼女は、嫌いな相手にはとことん冷淡だ。欠片も情をかけない。

天使のように笑いながらも、博愛主義とは無縁。

それは、人によっては忌避すべき性格なのかもしれないが、ジュウは彼女のそういう部分を欠点とは思わなかった。理由はない。多分、本能的なものだ。

紅香のような母親に育てられると、そういう部分の許容範囲が広くなるのかもしれない。

「そんじゃ、行きましょうか」

そう言って、雪姫はジュウの隣に移動した。

「どこに行くんだ？」

「ままま、それは行ってみてのお楽しみ」

雪姫は片手を広げ、首を横に振る。

また妙なマニア向けの店なのか、と怪しみながら、ジュウは雪姫の指示通りに歩き出した。天候はあまり良くないが、街は日曜日らしい賑わいを見せ、ジュウたちと同年代のカップルも多かった。街角アンケートのシーンを撮るためにやってきたテレビ局の人間が、通りを行くカップルを見つけては呼び止めていた。

あんなのに捕まったらこの世の終わりだ、とジュウは道の端を早足で進む。それに合わせて歩きながら、雪姫はジュウの横顔を見て笑っていたが、軽く睨まれて口を閉じた。

「そういえばさ、柔沢くん、あの映画観た?」

「……ああ、あれな」

思い返せば、あの映画を観た日から災難が続いているような気がする。

自然と、声も苦々しくなった。

「観たけど、特に感想はない」

「子宮に向かって突貫するとことか、すごくなかった? なんかこう、前向きに後ろ向きーっみたいな感じで」

「……まあ、絵の動きとBGMは、手が込んでると思ったよ」

「今年で五十歳の大御所アニメーターが参加してるんだよ。ハリウッドの誘いも断って、あの作品に参加した人で、人間の情欲や怨念を映像化するのが得意なの。息が止まるくらいのインパクトがあるんだよね」

「声は、洋画の吹き替えでよく耳にする人たちばかりだったな。主役の声は、子供の頃にアニメで聞いたような気がする」

「長井一郎さんだね。渋い老人を演じさせたら最高」

「なるほどな」

「……ああ、ステキ」

雪姫は両手で自分の頬を挟み、うっとりした表情で呟く。

「柔沢くんと、こんな会話をする日が来るなんて、ロマンチック……」

どこが？

ジュウにはまるっきり理解できない感覚だったが、雪姫はとても満足そうだった。

趣味の話ができるだけで嬉しいのかもしれない。

「で、いつまで歩くんだ？」

「もしかして、警戒してる？」

「してる」

この斬島雪姫という子は、決して悪人ではないが、油断のならない部分もある。そうとわかっていながらもこうして来てしまったところが、彼女に対するジュウの複雑な感情を表しているのだろう。

「急な誘いだからな。何か裏でもあるんじゃないか？」

「あるよ」

「おい……」

「でもね、裏と表は繋がってるの。ちょうどメビウスの輪みたいに」

「それじゃあ、どっちが裏か表かもわからないじゃないか」

「そう、それが正解。女の子はそういうものなんだよ」

いつもながら、どこまで本心だか読めない子だった。

だが今さら帰る気もなく、ジュウは覚悟を決めてついていく。

「んーとね、あそこ！」

雪姫が指差したのは、繁華街にある大きなビルだった。入り口の案内板を見ると、上の階には大きな本屋と雑貨屋、それにゲームセンターやミニシアターなどがあり、地下にはレストラン街。休日ということもあって、中は結構な混雑ぶりで、特に若者が多かった。

ジュウたちはエスカレーターに乗り、地下に向かう。エスカレーターを降りると、目的の店はすぐ近くにあった。

「ここに入りましょう！」

ミセス・ボンバ。店の看板には、そう書かれていた。

「……何の店だ？」

「甘い物屋さん」

よく見ると、看板の横には小さく『総合甘味亭』とあり、商品のディスプレイもしてあっ

「前にね、テレビで紹介されたのを観て、一度来てみたかったの。北海道の霊山で修行してきた職人さんが作ってるんだってさ」

ちゃんと食えるものを出すんだろうか……。

もっとマニアックな店を覚悟していたので、このくらいなら楽ではあるのだが。

取り敢えず店の入り口に向かおうとしたジュウは、そこに怪しい張り紙を見つけた。

『本日ラヴァーズデイ！　カップルのお客様に限り、全品五割引の大サービス！』

華やかな字で、そう書かれていた。

ガラス窓越しに店内を覗いて見ると、客の大半はカップルで、しかもジュウたちと同年代の者ばかり。気のせいか、店内の空気は薄いピンク色に染まっているようにも見える。

「おい、これ……」

「よろしく」

雪姫は、ジュウの肩をポンと叩いた。そして、そのまま手は離れない。

ジュウが逃げないように、ガッチリ肩を摑んでいた。

「あたしたちカップルでーす」

言わなくてもいいことを言いながら、ジュウを連れて店に入る雪姫。

この手を振り払わない自分はやはり軟弱になったのだと、ジュウは改めて思った。

「ブー」

「仕方ないだろ、満席だったんだから」

膨れっ面の雪姫をジュウは宥めたが、彼女の機嫌はなかなか直らない。

さっきから何度も繰り返されたやりとりだ。

店に入ったはいいが店内は満席で、待合席すらも満席。店員いわく、一時間は待ってもらうかもしれないということで、二人はひとまず店を出てきたのだ。

「いいもん。待つもん。柔沢くんも、待ってくれるもん」

膨れっ面のまま、未だ諦める気配のない雪姫。

ジュウは、本音としてはもう帰りたいところだったが、雪姫があんまりごねるので何処かで時間を潰すことにした。一時間くらいならいいだろう。

まったく何て軟弱さだ、と自分を情けなくも思うのだが。

幸いにしてと言うべきか、ビルの三階は大きな本屋。ジュウが折れたことですぐに機嫌を直した雪姫を連れ、適当にそこをぶらつくことにする。

「せっかくの機会なので、あたしのオススメのマンガを紹介しちゃいましょうか」

「結構だ」

ジュウはほとんど本を読まないが、嫌いなのではない。ただ読むのが面倒くさいだけだ。特

に字が多い本は苦手である。写真の多そうな本を探し、平積みにされていた料理関係の本を手に取った。『鍋一つで出来る料理百選』という本だ。一応は自炊しているジュウとしては、かろうじて興味を持てる内容である。

ページをパラパラめくっていると、横から雪姫が覗き込んできた。

「あ、これ美味しそう。今度作ってよ」

「何で俺が？」

「ことわざにもあるでしょ、可愛い子にはメシ喰わせろって」

「ねえよ。自分で作れ」

「そんなの無理に決まってるじゃん」

「たしかおまえ、一人暮らしだろ？　料理くらいやった方がいいんじゃないか」

「んー、やっぱ料理の上手い女の子って、男の子から見て魅力的？」

「……どうだかな」

少なくともマイナス評価にはならないだろう。あんな性格でありながらも料理上手な紅香を見て育ったので、「女なら料理が出来て当然」という古風な常識がジュウの心に根付いている可能性はある。

「あたしもやってみようかなー」

雪姫が手に取ったのは、『愛する彼氏にあなたの料理』という本。

「やっベー超うめえよこれ毎日食ってないと死ぬから雪姫ちゃん結婚してっ！　……ていうく

らいの作れたら、柔沢くんにご馳走するね」

なんか嫌だなそれ、と思ったが、ジュウは曖昧に頷いておいた。

二人はしばらく料理関係のコーナーに留まり、そこから小説やコミックスのコーナーへと移動。雪姫は目を輝かせていたが、ジュウは興味のない分野なので適当に辺りを見回す。立ち読みをする学生服の少年たちに混じるようにして、やはり立ち読みをしている小柄な少女に目が留まった。それが誰かわかったとき、不思議なことに、向こうもこちらに気づいたようだった。

少年マンガを本棚に戻し、少女はジュウのもとへと駆け寄る。

「ジュウ様」

「……おう」

予期せず会えたことを喜ぶように、雨は微笑んでいた。彼女の微笑みを見ていると、ジュウは少し嬉しくなる。不思議だ。希少価値が高いからだろうか。

「雪姫も一緒ですか」

「まあ、ちょっとな」

隣にいる雪姫に目を向けると、彼女は少しバツが悪そうにしていた。

「雨、恐るべし……」

「どうかしましたか?」

「何でもないよ。雨は買い物?」

「これです」

脇に抱えていた紙袋を開け、雨は中の雑誌を見せる。表紙にはアニメのロボットの絵があり、その隣にはパイロットらしき美少女の絵。月刊のアニメ雑誌のようだった。

「今月号は、ＤＶＤが付録です」

「えっ、そうなの？　中身は？」

「劇場版『ガーンナイト』の予告編と、新番組やＯＶＡのプロモーション映像集。声優のインタビューもあります」

「それは買わねば！」

どこにあったのか教えて、と急かす雪姫に雨が場所を教えると、雪姫はそちらへ走って行った。ファッション誌には目もくれない年頃の少女というのは、世間一般の基準からすればズレているのだろう。普通ではない。でも、そんなこと気にすることはない。普通とは、要するに平均ということだ。それから外れることを、いちいち恥じることはない、とジュウは思う。

やや自己弁護も含まれるのだが。

「それにしても、偶然だな」

「いえ、これは必然でしょう」

「えっ？」

「市販の本によるおまじないも、バカにしたものではありませんね」

秘密を告白するように、雨は小声で言う。

「光ちゃんが持っていたものを、借りて読んでみたのです。光ちゃんは『恋愛成就』を主な目的にしているようですが、わたしは別のを一つ、今朝試してみました。やり方は簡単で、呪文を唱えながらスプーンの裏側を使ってバナナヨーグルトを五秒以内に食べ終える、というものです。そうすれば大切な人と会い、楽しい時間を過ごせる、と本には書かれていました。あまり期待はしていませんでしたが、どうやら効果があったようですね」

それ絶対関係ねえだろ、という言葉をジュウは呑み込んだ。雨は機嫌が良さそうであるし、水を差すこともない。

「おまえ、そっちの手に持ってる白い筒は何だ？」

「さきほどの雑誌を買うともらえる、ポスターです。先着順で、三種類の絵柄から選べるという情報を得まして、この店に来ました。ご覧になりますか？」

「……いや、いい」

「ジュウ様たちは、今日はどのような御用で？」

ジュウがたまに雪姫と会っていることを雨は知っているようだったが、それについて彼女は特に何も言わない。痴漢疑惑の件も、ジュウは光に助けられたことを隠し、あまり筋の通ってない曖昧な説明をしたのだが、雨は深く追及してこなかった。

ジュウが言わないのなら、それは自分が知ることではない、と彼女は思っているのかもしれない。ジュウが恋人の件だけはハッキリ否定したとき、雨は少し安堵しているようにも見えたが、本当のところ、いったいどのような感想を抱いたのかは不明だ。

何となく、本当に何となくだが、たまにジュウは思うことがある。自分はこの小柄な少女の手の平の上にいるのではないかと。怖い想像だった。

何でもない口調を意識して、ジュウは答える。

「このビルの地下に、お菓子屋みたいのがあってな。雪姫に誘われたんだ」

「ジュウ様は、甘い物がお好きなのですか？」

「まあ、普通だ。おまえは？」

「わたしも、普通に好きです」

「どうせだから、一緒に行くか？」

「……よろしいのですか？」

「いいんじゃないか」

二人が三人になったところで、たいして不都合はないだろう。

雨は、何やら感心したように頷いていた。

「本当に、たいしたものですね、市販のおまじないも。今度真剣に研究してみましょう」

「……」

喜んでるみたいなので、ジュウはそれに関しては何も言わないでおいた。

そこで話がまとまり、雪姫が戻ってきたところで、雨も同行することを告げた。

雪姫は笑顔で承諾。しかしエスカレーターに乗る際、雨が先頭で乗ると、雪姫はジュウの背後に素早く回り、その尻を軽く蹴っ飛ばした。

「……何だよ?」

「別に」

ニッコリ笑ったまま、ジュウの後ろに続く雪姫。

三人だとカップルサービスの適用外になるから、不機嫌なのだろうか?

どうせそんなとこだろう、とジュウは思った。

店内に漂う甘ったるい香り。まるで空気に透明の綿飴でも混じってるんじゃないかと思えるようなそれに胸焼けを覚えながら、ジュウは二杯目のお茶を飲んだ。

カップルサービスに関しては、

「あたしたち、三人で付き合ってます。三人一組。いわゆるスリーマンセルです」

という雪姫の強引な主張を、意外にも店側が受け入れた。他にもそういう連中がいるのか、とジュウは店内を見回したが、自分たち以外はどれも男女一人ずつの普通の組み合わせ。店員たちは遠巻きにジュウを見ながら、何かひそひそと話している。自分が他人からどう見られているのか、ジュウは改めて考えそうになったが、やめておいた。

まあいい。たまには、こういう日もあるだろう。

店の周囲はガラス張りであり、通路側からは丸見え。入り口に貼られた紙を見れば、今日店内にいるのはそういう関係の客ばかりだとわかる。いい見せ物だった。それに刺激されて、また新たなカップルが客としてやってくるわけなのだろう。

三人は外側の席に座り、ジュウの前では雪姫が大きな栗の載ったモンブランを、ジュウの隣では雨が純白のレアチーズケーキを食べていた。雪姫は四品目。雨は二品目である。ジュウも特製カスタードプリンというものを食べ、思ったよりは美味しかったが、一つでもう満足してしまっていた。他の席を見ても、総じて女性陣の方がたくさん食べているようだ。

甘い物には、女を惹きつける魔力のようなものがあるのかもしれない。

「甘ーい。甘くて美味しーい」

「サッパリとした、よい甘さですね」

雪姫は子供のようにパクパクと、雨は静かに行儀良く。二人の食べ方は、対照的だった。

「お金持ちの家ってさ、どうしてみんなプールがあるのかな?」

「普通は公共物のプールを個人で所有できるってことを、アピールしたいんじゃないの?」

「水泳好きの人がお金持ちになりやすい、ということかもしれませんね」

「この前、占い専門の館ってのに行って占ってもらったらさ、目標に向かうにはいろんな困難があるけど、きちんと努力すれば大丈夫とか言われたよ」

「そんなの当たり前っていうか、曖昧すぎないか? 占いのそういうとこが、どうも信用できないんだよな」

「占いは、曖昧で良いのだと思いますよ。断定されてしまう方が困ることも多いですし。いくらか都合の良い解釈のできる余地を残しておいてくれた方が、良心的と言えるかもしれませんせん」

「だよねえ」

「そんなもんかな……。それで、雪姫の目標って何だよ?」

「団地妻」

「は?」

「公営の団地に、旦那さんと子供の三人で暮らすの。で、家計はちょっと苦しいから、あたしはパートで働いたりするのね。そしたら職場に意地悪な同僚がいて、『ねえ、あなた聞いてよ。職場に嫌味な人がいてね、酷いのよ』『うるさいな。疲れてるんだから、家にいるときくらいゆっくりさせてくれよ』『もう、いつもそればっかり』『パパ、ママ、ケンカしないで』『大丈夫よ。パパとママ、本当は仲良しなんだから。ね、あなた?』『うるさいなあ』『そろそろ、この子にも弟か妹が欲しいわよね』『先に寝てるぞ』『ママ。パパの顔が赤くなってる』『パパね、ママのことが大好きなのよ。もちろん、あなたのこともね』という感じで、和やかに平凡に一生を終えたいんだよね。でもそのためには、具体的にどういう努力をしたらいいんだろ?」

「……何で俺の顔を見るんだ」

　最初はそんなくだらない会話をしていた三人だったが、雪姫の何気ない言葉が、そこから先の話題を変えることになった。

「あ、そういえばね、最近うちの学校で変な嫌がらせが流行(はや)ってるみたい」

ティラミスを注文した後、雪姫は口の周りをナプキンで拭(ふ)きながらそう言った。

ジュウは忘れていた無言電話の不快感が蘇(よみがえ)ったが、それを顔には出さずに訊いてみる。

「嫌がらせって、どんなのだ？」

「えーとね、誰がやってるかはわからないんだけど、靴を捨てられたりとか、筆箱を壊されたりとか、教科書を破かれたりとか、いろいろあるみたい。イジメじゃなさそうなんだよね。被害に遭(あ)った人は何人もいるし」

それは、ジュウの学校で起きているものと驚くほど似ていた。

偶然なのか？

ジュウが困惑(こんわく)していると、雨がさらなる情報を口にする。

「その件ですが、実は光ちゃんからも似たような話を聞きました」

光の通う中学でも、やはり同じようなことが起きているという。

この分だと、もしかしたら他の学校でも起きているのかもしれない。

「そういう嫌がらせが、今はどこでも流行ってるってことか？」

「一人や二人ではない犯人グループが、複数の学校に跨(また)って活動している、ということかもしれません」

雨は、裏に共通のグループが暗躍(あんやく)しているのではないかと考えているようだった。

そんなものがあるだろうか。

「無差別に嫌がらせを仕掛けるグループなんて、ちょっとなあ……」

「いえ、無差別ではありません。おそらくですが、基準はあります」

「……おまえ、まさか調べたのか？」

「ジュウ様の身に被害が及ばないとも限りませんので、簡単にではありますが、一応調べてみました」

実はとっくに被害が及んでいるのだが、ジュウはそれについてまだ雨に話してはいない。話せば必ず雨は何とかするだろうし、それは今のところ、ジュウの本意ではないからだ。

ジュウとしては、この件には関わらないという気持ちに変わりはないが、寝不足の原因をもたらした連中がどんな者たちなのか、少しだけ気にはなる。

「おまえの考える基準てのは、どんなのだ？」

雨が述べた基準を聞いて、ジュウは心底呆れた。それが本当なら、犯人グループは相当に悪質な連中に違いない。被害に遭った生徒たちに共通しているのは、性別でも身長でも体重でも名前でも趣味でもなかった。

被害に遭った生徒たちはみんな、「幸せな者」だったのだ。

より正確に言えば、「幸せそうに見える者」だ。

それは例えば、成績が常に上位にある者、あるいは成績が上がった者。部活で活躍している者。恋人との仲が良好な者。片想いが報われた者。遠距離恋愛が続いている者。家が裕福な者。わりの良いアルバイトをしている者。クラスで人気のある明るい者。教師からの受けがいい者。皆勤賞を取った者なども、被害者には含まれているらしい。

「被害者の中にはそれにあてはまらない者もいますが、犯人側の主観的な基準は満たしていたのかもしれません。これは、いうなれば『幸せ潰し』ですね」

　幸せ潰し。その基準からすると自分は対象外じゃないか、とジュウは思ったが、それはジュウの主観でしかないのだろう。

　客観的には、柔沢ジュウという少年は学校内でどう見られているのか？　校内を我が物顔で歩く怖いもの知らずの不良、というところか。それは、見方によっては調子に乗っているようにも見えるだろうし、それを幸せと捉えられてしまうこともあるのかもしれない。

　そう考えると、あの痴漢疑惑はなかなか効果的な嫌がらせだった。ケンカで警察に捕まったならまだしも、痴漢で警察に捕まった不良など、笑いのネタでしかない。上手くいけばジュウに対する畏怖は一気に消え、代わりに嘲笑がはびこるようになる。そこまで考えていたのなら、犯人はそれなりに頭の切れる連中なのか。

「いったい何なんだ、そいつらは？」

「わかりません。ただ、変な噂があります」

「どんな？」

「不思議な活動をしている集団がある、という噂です。噂ゆえに信憑性は微妙なところですし、実在するかどうかも……」

「ねえねえ、この特大トロピカルアイスパフェ、みんなで食べない？」

　スプーンを口に銜えたまま、雪姫はメニューを開いて二人に提案した。

「こういうの、いっぺん食べてみたかったの。三人ならいけるサイズだよね。てっぺんにあるサクランボは、あたしにちょうだい」

　満面の笑みを浮かべ、雪姫はパフェの写真をジュウと雨に見せる。ティラミスはもう食べ終わったらしい。話の腰を折られた二人は無言で見つめ返したが、その意味が伝わらないらしく、雪姫はちょこんと首を傾げた。

「……あれ、ダメ？　サクランボはジャンケンですか？」

「おまえ、今の話を聞いて何も思わないのか？」

「全然」

　と首を横に振る雪姫。彼女の関心は、もはや特大パフェの方へと移行しているようだった。

　店員を呼び、さっそく注文している。

　この雪姫という少女は、パワーは有り余るほどあるくせに、それを何かに使おうという意欲がほとんどない。コスプレやイベントなど、自分の好きなことは例外として、それ以外のことには完璧に無頓着なのだ。

「別に、どうでもいいんじゃない、そんなの」

「それは、まあそうかもしれないけど……」

　ジュウの顔に失望の色を見たのか、雪姫は「しょうがないなあ」と銜えていたスプーンを口から出し、メニューを置くと、ジュウに手を差し出した。

「刃物ちょうだい」

「えっ？」

「難しいこと考えるの苦手なんだよね。どうしてもっていうなら、刃物ちょうだい」

「持ってねえよ」

「じゃ無理」

刃物がないと思考がシャープにならない、とは雪姫の言い分だった。

ジュウは店員を呼び止め、ナイフを持ってきてくれるように頼んだ。テーブルの上にナイフが置かれる。それを握ると、雪姫の表情は一変した。身にまとう空気がピシリと引き締まり、その瞳には冷たい光が宿る。

「……それで、その集団というのは、どんな奴らなんだ？」

感情のこもらない冷淡な声で、雪姫は言った。彼女にとって刃物はエンジンキーであり、それを持つことによって思考のエンジンをかけるのだ。

ジュウは未だにこの変化には慣れないが、どちらも彼女の本質だ、というくらいには許容できていた。

雪姫との付き合いが長いらしい雨は、その変化にも気にせず、平然と答える。

「幸せになる方法を教えているらしい、と聞きましたが、詳しいことは不明です。実在しない、ただの噂である可能性も高いですね」

「ここは、まず実在すると仮定しよう。すると、そいつらの目的は？」

「幸せになることでしょう」

「そう、そこだ。それがよくわからん。幸せになりたい奴らが、どうして他人に嫌がらせをする？」

「他人が苦しむ姿を見ることを幸せと感じる者たちだから、ということになりますが……」

「妙だろ？　その程度の暗い喜びを得るために、わざわざ徒党を組むか？　そういう趣味は普通、個人的に楽しむものだ。誰かと共有するものではない」

「それは、たしかに。嫌がらせを続ける労力の報いが、被害者の苦しむ姿をただ観察するだけというのも、弱いですね。それに、標的を選ぶ基準の意味も、わかりません」

「あいつちょっと調子に乗ってるから虐めてやるか……というくらいの意味か、それとも、もっと別の意味があるのか。ポイントはそこだな。その集団の本当の目的は何か」

「誰か関係者を捕まえて話を訊くのが、ベストなのですが」

「目星は付いてるのか？」

「うちの高校とそちらの高校、そして光ちゃんの通う中学に関係者がいるのは確実でしょう。そうでなければ、被害者の選別や嫌がらせができませんから」

「犯行後の結果を確認するにも、同じ学校内にいるのが最適だしな。それら集団をまとめる、リーダー役の人間もいそうだが」

「まとめるには、何かしらの力が必要です」

「多分、思想だろうな」

この勢いで推理が進めば、犯人まで行き着くんじゃないだろうか。

二人の会話を側で聞きながら、ジュウはそんなことを思った。ジュウは黙って聞いているしかない。頭の回転において、自分がこの二人に遠く及ばないのは、とっくに承知している。

その悔しさを誤魔化すようにジュウはお茶を飲もうとしたが、中は空だった。

雪姫が指を鳴らし、店員を呼ぶ。

「こっちの彼にお茶を。あたしにはコーヒーを、濃い目で」

店員が去ると、雪姫は周りの客たちを見回した。

「それにしても、よくまあ甘い物ばかり食べ続けられるものだ、どいつもこいつも……」

性格が一変すると、食の嗜好も変わるのか。

ジュウは何か言ってやろうかと思ったが、それより先に雪姫が訊いてきた。

「それで、柔沢は、また犯人捜しでもやりたいのか?」

また、という部分に多少からかいの成分を感じるのは、ジュウの気のせいではあるまい。

前回のことで、ジュウは雪姫にかなりの迷惑をかけていた。

「やらねえよ」

後味の悪い思い出。苦い経験。

夏休み前の事件も、その後のえぐり魔も、心の底に沈めておきたいような記憶だ。

走って考えて喚いて叫んで争って泣いて傷ついて、結局、誰も救えなかった。

「そういうのは、俺には向いてない」

得られた答えは、それだけ。

ジュウの心情を察してか、雪姫は少しだけ表情を和らげる。

「君の長所は、自分がバカだという自覚があるところだな」

いつもながら、言いにくいことをハッキリ言う子だった。それは悪意からのものではなく、彼女はただひたすらに率直なのだ。

苦笑するジュウに、雪姫は続けた。

「犯人たちの目的はわからんが、根底にあるのは気持ちの良い思想ではないだろう。そういうものは感染する。悪いものほどよく広がる。関わらない方がいい、と思うね」

「自分に被害が及んでもか？」

「あたしは、バカの相手はしない」

「じゃあ何で、俺の相手はする？」

雪姫は、ジュウを軽く睨んだ。

「君、そういうことは訊くな。あたしは、これでも女だぞ」

全然意味がわからなかった。

女であることが、どうして関係あるのだろう。

「……まあいいや。ちなみに、おまえは、その連中の目的は何だと思う？」

「わからん」

雪姫は、指先でナイフを回した。

「だが、それら嫌がらせの裏にある、犯人の意思は感じるな」

「それは？」

「てめえの幸せを邪魔してやる」

「……最低だな」

「違いない」

「おまえは？」

ジュウが隣の雨を見ると、彼女は顎に指を当て、思案するように少し下を向いていた。

「……わたしも、まだわかりません。いくつか思いつくこともあるのですが、どれもバカげていますし、議論に値するものではありませんね」

「そうか」

この二人にわからないなら、犯人たちの思想はよほど特異なものなのかもしれない。

「お待たせしました」

店員がジュウの前にお茶を、雪姫の前にはコーヒーを置き、さらにテーブルの真ん中に巨大な銀色の容器を置いていった。テーブルが揺れるほどのサイズ。十人前はありそうな色鮮やかな数種類のアイスクリームと、その上にかかった濃厚なキャラメルソース、そしてチョコソース。積まれたアイスクリームの頂点には、赤いサクランボが載っていた。

見るに耐えないという表情で、雪姫は言う。

「……こんなもの、誰が食べるんだ？」

それは俺のセリフだ、とジュウは思った。


外に出ると、もう空は暗くなっていた。強い風が吹くと少し肌寒いが、これは気候のせいなのか、それとも冷たい物を食べすぎたせいなのか、判断が難しいところだ。

これから秋葉原(あきはばら)に行こう、という雪姫の提案はさすがに辞退し、ジュウはもう帰ることにした。当然のように、雨もそれに同行する。

二人とは帰る方角の違う雪姫は、地下鉄の入り口の前でジュウの肩を叩いた。

「そんじゃあ、柔沢くん。またね」

「ああ」

「今度こそ、二人きりでね！」

どうして二人きりにこだわるのか、ジュウにはさっぱりわからない。

三人では何がいけないのだろう？

「バイバーイ！」

大きく手を振りながら、雪姫は階段を下りて行った。

ジュウは暗くなった空をもう一度見上げてから、隣にいる雨に視線を移した。

「帰るか」

「はい」

駅に向かって歩き出した二人は、人込みに紛れて信号を待つ。夕方の駅前の混雑ぶりには、昼間と違ってどこか寂しさのようなものが漂っている。夜の訪れは、人を寂しくさせるのか。信号が変わると横断歩道を渡り、駅に着いて二人はホームに上がる。

電車が来るのを待ちながら周りを見ると、わりと女性が多かった。先週の痴漢疑惑のこともあってなるべく女性の側には寄りたくないところだが、今日は雨がいるし、大丈夫だろう。彼女がいればたいていの危機は乗り切れる、という幸せな錯覚が、ジュウにはある。

……幸せか。

ホームに走り込んできた電車の風圧で、冷たい風がいっそう冷たく感じられた。雨の長い髪が風の流れに乗って舞い上がり、うっとうしい前髪の隙間から綺麗な瞳が見える。

こいつはどうも、俺と一緒にいるのが幸せらしい。

幸せとは人それぞれであり、それを他人が理解できるとは限らない。それでも、まあ、誰かと一緒にいることが幸せという感覚は、まだジュウにも理解できる範囲のものだ。

しかし、嫌がらせをしている犯人グループの感覚の方は、まるでわからない。

幸せそうな者を不幸にする連中。

その連中にとって、どうして他人を不幸にすることが自分たちの幸せに繋がるのか？

その理屈がわからない。犯人が集団だとすれば、それなりに説得力のある理由があるはずなのだが、それがわからない。何らかの利益がなければ、繋がりは保てないはずだ。今回の場合は、多分それが「幸せ」なのだろう。

この件を解決しようなどとは思わないが、ジュウはそれが少し気になっていた。

そもそも、「幸せ」とは何だろうか？

今の自分にとっての幸せは何かと考えると、何も思いつかない。昔は、美味い物を食べたり、暖かい布団で寝たり、母親と一緒にいたり、そんなことでも十分に幸せだった。

それが成長するうちに、贅沢になり、それでは満足できなくなる。もっと多くを求める。

でも、とジュウは思う。やはり人間が求める幸せというのは、幼い頃に感じたあれが本質であるような気がする。歳を経ても、結局、同じものを求めているのではないか。

それともそう感じるのは自分だけで、他の人間は違うのか。

ジュウにはわからない。そもそも幸せになりたいという願望が、自分にはない。欠けている。それは現状でもう十分に満ち足りているからなのか。それとも諦めているからなのか。

いつ死んでもいいような気もするし、もっと長生きしたいような気もする。

平均寿命から逆算すれば、人生が終わるまでまだ何十年もある。

気が遠くなりそうな時間。その前に、自分は死ぬような気がする。

事故か事件か病気か自殺か、どれでもありだろう。

「ジュウ様、どうかなさいましたか？」

電車に乗ってからもずっと無言でいるジュウを、雨が心配そうに見ていた。

「……いや、何でもない」

寝不足で思考が迷走しがちだ。考え過ぎだな、とジュウは反省する。

幸せ潰しだか何だか知らないが、取り敢えずは無視。この件に深入りする気はない。犯人たちがどんな目的で動いているのかはわからないが、放っておけばそのうち飽きるだろう。気にしていても、疲れるだけ。多少の被害は、まあ我慢しよう。

ジュウは思考を止め、大きな欠伸を漏らしながらぼんやりと窓の外を眺めた。

つまんねえ景色だよな、と思いながら。

第3章　失恋少女の事情

「……なるほど、こう来たか」

　学校から帰ってきたジュウは、マンションの玄関ロビーに並んだ郵便ポストの前で立ち尽くしていた。女なら悲鳴をあげてるだろうな、と思いながら床に鞄を置き、もう一度郵便ポストの現状を確認する。

　蓋の開いた柔沢家の郵便ポスト。そこには、猫の死骸が入っていた。中に詰め込まれていた、というのがより正しい表現だろう。狭くて四角い空間に、隙間もないほど無理やりに体を詰め込まれた猫。ちょうど顔の部分が、ジュウの方を向いていた。片目は閉じていたが、もう片方の目は半端に開いており、ジュウを睨んでいるようにも見えた。生きてるうちに詰め込まれたとは考えにくいので、殺してからやったんだろうな、と頭の隅で冷静に考えながら、ジュウは管理人室に行く。詰め込まれていたのが人間の一部であるならともかく、今時この程度で警察は動かない。管理人に処理を手伝ってもらおうと思ったが生憎と不在で、ジュウは仕方なく自分で処理することにした。他の住人に見られて騒ぎになる前に、なるべく早く、そして無心で行う。

たかってくるハエを追い払いながら、ジュウは猫を掴んだ。死んだ肉特有のグニャリとした感触と嫌な臭い、そして粘り付く血。毛が何本も抜け、それが血と混じって指に絡みついた。郵便ポストの中からズルズルと引き抜き、首の後ろの部分を掴んで持ち上げたが、どうやら骨が折れているらしい猫の首がプラプラと左右に揺れ、その度に口から黄緑色の液体がポタポタと床に垂れる。念のため、猫の手足は切り落とされ、なくなっていた。その断面からも、血と体液がこぼれている。念のため、血と体液で汚れた郵便ポストの中を覗いて見ると、奥の方にまだ何か残っていた。別の猫。それも、見るからに小さいその姿からして、まだ生まれて間もない子猫だろう。ジュウの手にある猫と毛色が似ているので、親子かもしれない。親子共々殺されて、仲良く郵便ポストに詰め込まれたわけか。

ジュウは手を伸ばして子猫の死骸を掴み、外に引き出す。子猫の死骸は全部で三つあった。指に感じるのは、親猫よりも柔らかく、弱々しい弾力。軽く握っただけで潰れそうなほど小さな体。子猫は、頭を割られて殺されたようだった。多分、金槌か何かだろう。脳天に殴られた跡が見える。頭蓋が潰れ、言われなければ猫とは思えないような顔になっていた。やはり切断されたらしく、手足はない。

「ちくしょう……」

ジュウは奥歯を噛み締めた。

人間は、人間以外の生物の「死」も悲しむことができる。それは進化の過程で、その機能が受け継がれてきたからだ。人間にとって必要なものだから、今でも残っているのだ。そのことを忘れてる奴が世の中には多すぎると、ジュウは思った。

　このまま持ち歩くのは目立つので、コンビニの袋を使うことにした。ジュウは帰り道で買った中身を近くのゴミ箱に捨て、袋を空にする。ペットボトル入りのウーロン茶とデラックス鮭弁当。惜しいという気持ちは不思議と湧いてこない。それよりも別の感情の方が強いからだ。怒りというやつは、損得勘定を楽に上回る。

　おそらくはこれも、例の嫌がらせの一つ。

　校内では警戒するようにし、無言電話にも電話線を抜くことで対応していたので、ジュウの身辺はここ数日平穏だったのだが、まさか次はこんな手でくるとは予想していなかった。

　明らかに陰湿さがエスカレートしている。相手の気分を害する方法としては、かなり効果的だ。おまえを不幸にしてやる、という犯人側の執念を改めて実感できた。こんなことをされたら、気の弱い者なら一発でトラウマになるだろう。

　裏にどんな目的があるのかは知らないが、ムカつく連中だった。

　くだらねえことしやがって。

　ジュウは猫たちの死骸を入れた袋と鞄を持ち、マンションを出ると、夕闇が訪れようとしている薄暗い道を歩いて近所の公園に行った。幸いにして、公園には誰もいない。端の方にある適当な植込みの側に、穴を掘ることにする。生ゴミとしてゴミ捨て場に捨てるよりは、いくらかましな処理だと思う。まあそれも、気分の問題でしかないのだが。

　ジュウはスコップを忘れたことに気づいたが、取りに戻るのも面倒なので素手で掘ることにした。公園の土は思いのほか手強く、しかも冷たい。二十センチも掘り進まないうちから指先が痺れ、痛くなってきたが、どうにか三十センチまで掘った。ジュウは袋の周りに集まっていたハエを手で払い除け、猫たちを袋から出すと、穴の底に横たえていく。そして、上から静かに土をかけた。お経でも唱えたいところだが、ジュウにそんな知識はないし、黙って手を合わせて終えることにした。

埋められた猫の死骸は土の養分となり、いつかは土そのものとなる。そして植物に力を与える。当たり前のシステム。そう考えると、自分たちは無数の死体の上に立って生きているのかもしれない。

ジュウは腰を上げ、手を洗うために水飲み場に向かった。

いつか自分が死んだとき、弔ってくれる者が一人でもいるだろうか?

そんなことを考えながら手を洗う。猫の体液はなかなか落ちなかったが、冷たい水を我慢して何とか洗い落とした。濡れた手を制服に擦りつけて拭い、ジュウは公園を出る。

吹きつける強い風と、湿気を多く含んだ空気の匂い。そして月も星も見えない夜空は、天候悪化の前兆だろう。これは降るかな、と思い始めたジュウの頭にポッポッと水滴が当たり、すぐに結構な大降りに変わった。ジュウは鞄を傘代わりにして走り出す。たちまち水溜まりだらけになる道の舗装具合に愚痴をこぼしながら走っていると、前方に人影を見つけた。辺りは暗い夜道で、しかも激しい雨で視界が煙り判別は難しかったが、側を通り過ぎる瞬間、その横顔にジュウは目を留めた。

傘も差さず、雨に打たれるままに歩いていたのは、堕花光だった。学校帰りらしく、まだ制服姿。光はジュウの声どころか、今雨が降っていることにさえも気づかぬ様子で、俯きながら歩いていた。

「おい！」

ジュウが肩に手をかけると、光はようやく振り向く。

「……光か？」

「……何？」

口うるさい彼女にしては短い返答。虚ろな視線を向けられ、ジュウはギョッとした。光の顔にはいつもの力強さが微塵もなく、しかも口元には誰かに殴られたような青痣。

ジュウはいろいろ言うべき言葉を検討したが、取り敢えず全部後回しにし、光の手を掴んで強引に歩き出した。光はそれに逆らわず、ジュウに引かれるままに歩く。

そういえば、こいつ、俺より二つ年下なんだよなあ……。

意外と小さい光の手に驚きながら、ジュウはそんなことを思った。

自宅に戻ったジュウがまずやったことは、濡れた服をどうにかすることだった。風呂場からバスタオルを二枚持ってきて、一枚は自分の頭に被り、もう一枚を光に渡す。バスタオルを受け取った光は、いつもとは大違いの鈍い動きで髪を拭いていた。その視線は、そこに何かいるのかと疑いたくなるくらい、ずっと斜め下を向いたままだ。

人は過去を思うときに下を向き、未来を思うときに上を向く。そんな俗説をジュウは聞いたことがあったが、そうだとしたら、光は過去を思い返しているのか。

光に何かあったことくらいはジュウにも想像はつくが、彼女がここまでショックを受けることとは、いったい何だろう。

それにしても、これと似た状況が前にもなかったか？

記憶を探りながらお湯を沸かし、ジュウはお茶を二杯淹れた。一つを光に差し出すと、彼女は素直に受け取る。素直過ぎて気持ち悪いな、と思いながらジュウはお茶を一口飲み、窓から外を覗いた。風はまだ強そうだが、雨はもう小降りになっている。すぐに止むだろう。それまで、光には雨宿りをさせるか。

光は湯飲み茶碗を両手で持ったまま、床に座りこんでいた。短時間だが土砂降りの中を歩いていたので、制服はまだ乾いていない。まるで彼女の暗い表情を隠すかのように、濡れた髪の毛が顔に張りついている。

「……これからどうするの？」

光の声は、かろうじて空気を震わせるような弱々しさだった。

「どうするって、まあ、しばらく雨宿りして……」

ジュウの言葉を待たず、光は湯飲み茶碗を床に置いて立ち上がる。

訝(いぶか)しむジュウの前で、光は首にバスタオルをかけたまま、その手を制服のボタンへと伸ばした。そしてボタンを外していく。ジュウが止める間もなく、光は脱いだ上着を足元に落とすと、次にスカートへ手を伸ばした。

「ちょ、ちょっと待て！　おまえ何やってんだ！」

ジュウに腕を掴まれた光は、呆(ほう)けた表情で見返してきた。

「……何？」

「おまえ、何やってんだ！　何でいきなり服脱ぐんだよ！」

「だって、着てたらできないでしょ」

「何が？」

「セックス」

「…………」

「あたし、初めてだけど、いいわよ、別にもう、あんたの好きにすれば」

ジュウが手を放すと、光はスカートも脱いだ。

力のない瞳(ひとみ)でジュウを見ながら、彼女は問う。

「こういう場合、先に下着も脱いだ方がいいの？」

ジュウはそれには答えず、床に置かれた湯飲み茶碗を持ち、中に指を入れた。問題ない熱さと確認してから、中身を光の頭にぶちまける。

一瞬だけその熱さに怯(ひる)み、そして呆然(ぼうぜん)とする光に、ジュウは言った。

「おまえの相手なんて、お断りだ」

「な、何でよ……」

「いきなりそんなことできるか！」

「何でよ！　どうせあんた、いつもそんなことばっかやってんでしょ！　適当にそのへんの女捕まえて、適当に遊んでるんでしょ！　だったら……」

俺をどういう目で見てるんだこいつは、と呆れながら、ジュウは言う。

「悪いが、俺にも選ぶ権利はある。おまえとは、そういうことはできない」

何故だかわからないが、ジュウはこの堕花光という少女にそういう感情は持てなかった。剝き出しになった健康的な肌にも、白い下着にも、自分の情欲は反応しない。嫌いとか好みではないとか、そういうことではないのだ。年下で、雨の妹で、いつでも自分に突っかかってくるこの子には、そういう余分な感情を抱けない。あるのは、純粋な好意だけ。

「やっぱり、あたし、魅力ないんだ……」

光の瞳にみるみる涙が溢れ出すのを見て、ジュウは慌てて弁解した。

「いや、おまえに魅力がないって意味じゃなくて、これは、何て言うか……」

何て言うんだよ。言葉が全然浮かんでこない。

よく見ると、口元だけではなく、光の肩や脇腹にもいくつか青痣があった。彼女は空手を学んでいるし、怪我は日常茶飯事なのかもしれないが、何となく気になる。

やはり事情を訊くべきか。

しかし、泣く子が相手ではどうにもならない。

この前のように抱きしめたら、また怒られるだろう。

仕方なく、ジュウは光が泣き止むまで黙って側にいることにした。


五分後、ようやく泣き止んだ光に、ジュウは電子レンジで温めたホットミルクを渡した。

それを両手で受け取り、少しずつ飲む光の姿を見ながら、ジュウは思う。

姉とは大分違うな……。

前に一度、雨がこの家に来たときも同じようにずぶ濡れではあったが、侵入方法が異常だったし、そのあとでジュウに説教までしていった。それに比べると、光はおとなしめだろう。では妹の方が姉よりも対応しやすいかというと、そうでもないのだが。

光が落ち着いたのを見計らい、ジュウは彼女に服を着るように促した。

秋の夜は、わりと寒い。

「風邪引くぞ」

「……うん」

光は素直に頷くと、「こっち見ないでよ」と言い、制服を着はじめた。

ジュウは視線を逸らすついでに空になった光のコップを持ち、台所に行く。もう一度ホットミルクを作りながら、その間に米を洗って炊飯器にセット。できあがったホットミルクを持って戻り、制服を着終えた光に渡すと、彼女は家の中を見回しながら少し意外そうな顔をしていた。

「あんた、この家に一人なの？」

「いや、ろくでなしの母親がいる。滅多（めった）に帰ってこないけどな」

「寂しくない？」

　ジュウは今日、初めて笑った。

「おまえ、姉ちゃんと同じこと言うんだな」

「……うっさいわね。いいじゃない、姉妹なんだし」

　拗（す）ねるような口調からして、少しは元気が戻ってきたらしい。

　ジュウは外の雨が止んだことを告げ、そろそろ光を帰らせようとしたが、彼女は何故かダイニングテーブルの椅子（いす）を引き、そこに腰を下ろした。

「あんた今日、宿題は？」

「えっ？　なかったと思うけど……」

「観（み）たいテレビか、読みたい本はある？」

「特にないな」

「じゃあ、時間はたっぷりあるわね」

　光は満足げに頷く。

「あたしの話、聞いてよ。もうここまできたら、いいでしょ？」

「いや、そう言われてもな……」

女の悩みなど聞いても理解できるわけない、というジュウの心情が顔に出たのだろう。

光はホットミルクを一口飲んでから、無邪気な調子で言った。

「おかしいなあ。たしか、あんた、あたしにでっかい借りがあったような気がするんだけど」

「それは……」

「あったわよね？　直径二十万キロくらいの借り」

「……地球よりでかいぞ」

「当然じゃない」

さっさと座りなさいよ、というふうに光は向かい側の椅子を指差す。

ジュウは逃げ出すこともできず、諦めて向かい側の椅子に腰を下ろした。

コップをテーブルの上に置き、光は話し始める。きちんと順序立て、特に矛盾もない彼女の話し方は、雨と似ていた。姉が淡々と話すのに対し、妹は言葉に感情がこもるのが違いか。

ジュウは黙って聞くことにする。

光は、かなり以前から一人の男に恋をしていたらしい。名前は伊吹秀平。歳はジュウと同じ十七歳。全国大会で優勝するほどの空手家で、学業も優秀。人当たりも柔らかく、誰からも好かれるような人物であるという。

「この人よ」

伊吹の映った画像があるらしく、光は携帯電話の液晶画面をジュウに向けたが、映っていたのは違うものだった。

「……おまえ、それ」

「えっ？　……あ、間違えた。えーと、これじゃなくて……」

「何でそんなもんがあるんだよ」

それは、痴漢疑惑で捕まったジュウが、無様に地面に押さえつけられた様子を映した画像だった。ジュウを痴漢呼ばわりした、相手の少女たちも映っている。

「あんたの情けなーい姿を、記念に撮っておいたの。いつか、役に立つかもしれないしね」

何食わぬ顔で携帯電話を操作しながら、光は言う。

意外と抜け目のない奴だ。こういうところも、姉に似ている。

改めて、光は伊吹の画像をジュウに見せた。空手部の道場で稽古する場面や、校門の前で光と並んでいるものなど。

なるほどねえ、とジュウは納得。伊吹はタレントのように整った容姿であり、これで人当たりが良く、さらに空手も強いとなれば、異性からもてるのは当たり前だろう。事実、伊吹を狙う女子は多いらしく、しかし伊吹本人は未だにフリーを通しているそうだ。

「潔癖な人なのよ、あんたと違って」

「あ、そう……」

光が惚れるくらいなのだから、中身が空っぽということはないだろう。この少女は、見栄えの良さだけに目を奪われるほど愚かではない。伊吹という少年は、本当に優秀で、誰からも好感を持たれるような人物であるはずだ。

　俺とは正反対だな、と思いながらジュウは光の話を聞く。

　光と伊吹が初めて出会ったのは、全国大会の会場だった。初出場したはいいが、場の雰囲気に呑まれ、光はまるで実力を発揮できずに初戦敗退。通路の陰で泣きそうになっていたところを、たまたま近くを通った伊吹に見つかり、声をかけられた。気の利いた言葉ではなかったそうだが、それは光の心に届き、伊吹は「自分の活躍を見て欲しい」と言い残して試合に挑んだ。そして見事に優勝。表彰式のとき、観客席にいる自分に向かって手を振ってくれた伊吹の姿に、光は感動したらしい。二人の交流はそこで終わらず、程なくして再会した。光の通う町の空手道場に、伊吹が見学に現れたのだ。伊吹の目当ては光の師匠であり、高名な空手家である彼の指導を受けること。その道場に光がいることさえ伊吹は知らなかったのだが、この偶然を彼女は運命だと思った。そして積極的に動いた。伊吹が道場に来た際は手作りのお菓子で歓迎。さらに伊吹の通う高校の空手部に、見学と称して頻繁に顔を出すようにした。そうして接触する回数をせっせと増やし、やがて良好な関係を築くことに成功。何度か一緒に映画などに行き、恋人ではないが、伊吹と一番親しい異性は自分だと思える程度には、光も自信を得た。そして来年に高校受験を控えている光は、思い切って告白することにしたのだ。光は今日の放課後、学校の帰りに伊吹の通う高校を訪れ、告白を決行。

　そして断られた。完全な玉砕だった。

「そうか」

冷めたお茶を飲みながら、ジュウはそう言うしかなかった。

そういうこともあるだろうな、という程度の感想しか出てこない。

一時の衝動とはいえ、さっきのように自暴自棄になるくらいなのだから、光の伊吹に対する気持ちは真剣なものなのだろうし、かわいそうだとは思う。

しかし、現実なんてそんなものだ。

期待を裏切られることなど、ジュウにはよくある経験だった。

うやむやだったことがハッキリして良かったんじゃないのか、とジュウは言おうとしたが、光の顔を見てやめる。

光は、泣くのを堪えるように口を引き結んでいた。

「大丈夫か?」

「あたし、なんで、あんなに、あんなに嫌われちゃったんだろ……」

「嫌われた?」

告白して断られるのと嫌われるのは、また別の話のはずだ。光の主観が入った話なので公正ではないが、伊吹の方も光のことをそれなりに想っていたと推測はできる。断ったのは、その感情が恋には届かなかったからだ。それは仕方がない。

だが、嫌われたというのは?

ジュウが黙っていると、光は鼻水をすすりながら言う。

「……あたしがね、伊吹先輩に好きですって言ったら、先輩、すごく嫌そうな顔になって、それで、なんかすごく怒ってるから、あたし、もう何も言えなくなっちゃって……」

そこで、光の言葉は途絶えた。瞳が潤みはじめ、口から言葉ではなく嗚咽が漏れ出す。コップを持つ手は震えていた。

ジュウは首を傾げる。

伊吹の態度が、いきなり冷たくなった？

どういうことだろう。

話を聞く限り、何の理由もなくそういう態度を取る男とは思えない。

告白されたのがそんなに嫌だったのか、それとも他に理由があるのか。

光はテーブルの上の箱ティッシュから一枚取ると、それで涙を拭い、鼻をかむ。

そして両手でパンパンと頰を叩き、無理に笑顔を作った。

「……ああ、もう、嫌だなあ。あたし、人前では泣かないよう心がけてるのに、なんであんたの前だと、こんな簡単に泣いちゃうんだろ」

「俺が、おまえにとってどうでもいい奴だからだろ」

「そうよね。きっとそう」

光は自分を納得させるように何度か頷き、ホットミルクを飲む。

言いたいことを言って、少しはスッキリしたように見えた。

そろそろいいだろうと思い、ジュウは気になっていたことを訊く。

「おまえ、その痣どうした？」

「……これは別に、何でもないわよ」

「まさか、伊吹って奴にやられたのか？」

だとしたら話は大分変わってくるのだが、光はそれを否定した。

「違う。伊吹先輩はそんなことしない。これは、稽古でできたの」

伊吹を庇ってウソをついている、というわけでもないようだ。

心配し過ぎかな、と思いながらジュウは言う。

「湿布薬くらいあるから、やるぞ」

「平気。こんな怪我、空手をやってれば珍しくもないわ」

そう言って強がる光の姿は、少女というよりも少年のようだった。

自分にはない純粋さ、あるいはひたむきさのようなものを、ジュウは彼女から感じる。

「あたし、そろそろ帰る」

光は鞄を持ち、椅子から腰を上げたが、時計を見て肩を落とした。

「……ああ、お母さんに怒られるかも」

「姉ちゃんは怒らないのか？」

「お姉ちゃんはね、本当に大事なことにしか怒らないの。だから、もしあんたがお姉ちゃんに怒られるようなことがあったら、それは大事なことだから、ちゃんと聞きなさいよ」

「……そうだな」

何度か、そんなことがあったような気もする。雨は、決して声を荒げたりはしないが、言うべきことはきちんと言う奴なのだ。

「おまえ、さっきの話、姉ちゃんに相談してみればいいんじゃないか？」

女同士の方が話が通じるだろう、とジュウは思ったのだが、光は首を横に振る。

「無理よ。お姉ちゃんは、何でもよく知ってるけど、この分野に関してだけは疎い（うと）の。まあ、それはあんたを見てればわかることだけど」

「俺？」

どうして俺を見てればわかるんだ？

ジュウにはよくわからなかったが、とにかく、あの雨も恋愛方面に限っては役に立たないということらしい。

そんなもんかなと思いながら、ジュウはもう一つの気になっていたことも訊いてみることにした。あの日の、痴漢疑惑の件だ。

「おまえさ……」

「何よ？」

「あのとき、どうして俺を助けたんだ？」

自分は光に嫌われているのだと、ジュウは思っていた。

でも光は、助けてくれたのだ。

「どうしてって言われても……」

そんなことを訊かれるとは予想しなかったのだろう。

光は怪訝そうな顔で答える。

「だってあんた、やってないんでしょ?」

「ああ」

「なら、助けるのが普通じゃない」

「……俺の言葉を信じるのか?」

「うん」

何でもないことのように、光は頷いた。

「あんた、そういう奴じゃないしね。それくらいは、わかる」

「……だから、助けたのか?」

「そんな、大袈裟な顔しないでよ」

光は苦笑を浮かべ、軽い口調で言う。

「あんたのことは嫌いだけどさ。でも、さすがに無実の罪で捕まればいいとまでは思わないわよ。だから、助けたの。助けたい人がいて、自分に助ける力があれば、助けるわ。そのことにいちいち理由を考えたり、迷ったりはしない」

……ああ、こいつは。

ジュウは自然と笑ってしまった。

光に向けて手を伸ばし、その頭を撫でる。

「ちょ、何よ、いきなり……！」

光は顔を真っ赤にしてその手を振り払ったが、ジュウは気にせず、もう一度頭を撫でた。

「いい奴だな、おまえ」

心の底からそう思える。そんな人間がいる。これはスゴイことだ。

「好きだよ、おまえみたいな子」

「すっ……」

光は真っ赤な顔のまま数秒間ジュウを正視。しかし、何かに気づいたように荒っぽくジュウの手から逃れると、胸に手を当てて呼吸を整えた。「落ち着けあたし、落ち着けあたし」と呪文（じゅもん）のように唱え、バスタオルをジュウに投げつける。

「ふざけないでよ、バカ！」

フン、と顔を背（そむ）け、光は玄関へ向かった。

「今日のことは、礼なんて言わないからね！　あんたがあたしのファーストキスを奪った罪は、永久に消えないんだから！」

ジュウは光の後を追って玄関に行き、彼女が靴を履（は）く様子を見ながら言う。

「俺も初めてだぞ」

「何がよ？」

「ああいうこと、俺も初めてだ」

光の動きが止まり、真偽（しんぎ）を確かめるようにジュウの顔をじっと見つめた。

そして、どうやらそれが真実だとわかると、光は複雑な表情でつぶやく。

「ふ、ふーん、そうなんだ。あたしとが、初めてなんだ……」

光は左手の人差し指で、自分の唇(くちびる)を触る。そして、無意識のうちにそうしていることに気づき、猛烈な恥(は)ずかしさからまたしても顔を真っ赤にした。それを誤魔化(ごまか)すように慌ただしく靴を履き、光は玄関の扉を開く。途端(とたん)に吹きつけてくる強い風。その勢いに押され、よろけた光は、後ろにいるジュウに抱きとめられた。

「下まで送ってやろうか？」

「あ……」

光は一度ジュウの顔を見上げ、その視線から逃れるように俯く。

「……あ、あのさ」

「ん？」

光は口を開いたが、途中で思い留まったのか、何も言わずに閉じた。

「どうかしたか？」

「な、何でもない！」

ジュウから身を離し、光は再び玄関の扉を開く。

今度は風に負けないように、力強く外へと踏み出した。

「じゃ、じゃあね！」

「ああ」

「……またね」

そう小声で付け加え、光は走るようにして去って行った。

その元気な後ろ姿を見送りながら、ジュウは思う。

自分は光に借りがある。借りは必ず返すべきもの。

さて、どうやって返そうか。


翌日の放課後。ジュウはその日にあった細かな嫌がらせのことはさっさと忘れ、HRが終わるとすぐに教室を飛び出した。雨とは昼休みのうちに会い、先に帰ると伝えてある。一度家に戻って着替えた方がいいか迷ったが、私服では目立つと思い、その足で目的地に向かった。場所は、昨日のうちに地図で確認済みだ。それを思い出しながら電車に乗り、ジュウは目的の駅で降りた。

駅に流れて来る学生たちの群れを遡るようにして進んで行くと、目指す場所に到着。

私立光雲高校。伊吹秀平の通う高校である。

金髪で制服も違うジュウは周りからジロジロと見られはしたが、呼び止められることはなく、無事に校内に入れた。近くを通りかかった生徒を捕まえ、空手部の道場がどこにあるのかを訊く。他校の生徒が空手部を訪ねてくるのは珍しくないのか、たいして不審がられずに教えてくれた。廊下を進みながら、伊吹は全国大会で優勝するほどの空手家だったことを思い出す。光も、何度も見学に行ったことがあると言っていたし、空手部の見学者は多いのかもしれない。ジュウも、金髪はともかく体格は良いので、格闘技をやってるように見えないこともないのだろう。

ジュウがこうして堂々と他校に乗り込むのは、初めての経験ではなかった。他校の不良グループにしつこく絡まれ、まとめて片付けるためにそいつらの学校に乗り込んでやったことがある。ジュウは相手にたくさん怪我をさせ、自分もたくさん怪我をした。そういうことが何度かあったのだ。

しかし、今はそれも遠い昔のことのような気がする。あの頃はいつも感じていた、何もかもぶち壊してやりたい、何もかも捨ててやりたい、何もかも忘れてしまいたい、そういう衝動が、今の自分には滅多に湧いてこない。

何がきっかけでそうなったのか？

あの、一方的な忠誠心を向けてくる少女と出会ってからだろうか。

そんなふうに変わった今の自分が、ジュウは嫌いではなかった。

学校の中の造りはどこも似てるな、と思いながらジュウはしばらく歩き、途中で教師に遭遇しそうになり、慌てて隠れるなどしながらも、どうにか空手部の道場がある棟に辿り着いた。

階段脇に貼られたプレートを見ると、一階が女子空手部で、男子空手部は二階。階段を上がって二階へ行く。大きな横開きの扉が現れ、「光雲高校空手部」と書かれた看板が掛けられていた。歴史を感じさせる、古い看板だ。

ジュウがここに来た目的は、伊吹に会って話を聞くことだった。

光のために、世話を焼いてやろうというわけである。

余計なお世話というやつであるのは承知の上。光には大きな借りがあるし、それくらいしてもいいだろうという、ジュウにしては珍しいほど前向きな気持ちだった。

せめて、伊吹が急に態度を変えた理由くらいは聞きたいものだ。

どうやって伊吹を呼び出してもらうか、今日は稽古を休んでいたらどうするか、などの問題はあったが、とにかく行動してみることにした。

横開きの扉を開けると、溢れかえる熱気で顔を煽られ、ジュウは僅かに目を細める。道場内は広くて天井も高く、立派な造りだった。無数の蛍光灯の下で、三十人ほどの部員が乱取りをしている。今日は、見学者はいないようだ。壮大な地響き、そして耳が痛いほどのかけ声が飛び交う中をジュウは進み、道場の隅で足にテーピングをしている男子生徒に声をかけた。

「ちょっと訊きたいことがあるんだけど、いいか？」

「……おまえ、誰だ？」

さすがに不審な眼差しを向けてくる男子生徒に、ジュウはなるべく友好そうな笑顔を返す。

「俺は、柔沢ってもんだ。伊吹秀平に会いに来たんだけど、いる？」

「柔沢？」

男子生徒の顔色が変わり、即座に立ち上がると、乱取りをしている部員たちの方に駆け出して行った。そして、一人の男子生徒の肩を叩く。振り向いたのは、光に見せてもらった画像の顔、伊吹秀平だった。伊吹は男子生徒から何事かを耳打ちされ、タオルを渡されると、それで汗を拭きながらジュウの方へと歩いてきた。

近くで見るとたしかにハンサムだ。これで空手が強く、性格も良いなら完璧だろう。こんな奴もいるんだな、と感心しながらジュウは挨拶する。

「どうも。悪いな、稽古中なのに呼び出しちゃって」

「……君が柔沢か？」

「ああ。で、少し話があるんだけど、いいかな？」

ジュウは廊下を指差したが、伊吹はそちらを向かず、ジュウの顔だけを見ていた。

「堕花さんのことだろ？」

「えっ？　まあ、そうなんだけど、よくわかったな……」

「全部知ってるよ」

……全部知ってる？

どういう意味だ？

ジュウの疑問をよそに、伊吹は愛想の欠片もない口調で言う。

「それで、何か言い分でも？」

「いや、ちょっと、訊きたいことがあってさ……」

「訊きたいこと？」

伊吹の声と視線に、紛れもない敵意と怒りが込められた。

仇敵でも見るような目を向けられ戸惑うジュウに、伊吹は言う。

「今さらこの俺に、何を訊きたいというんだ？」

「何をって、それは……」

「俺を笑いにでも来たのか？　それとも彼女は君と組んで、まだ何かを企んでるのか？　この俺をどうするつもりだ？」

「企むって……。俺はただ、あいつが振られた理由を……」

「理由？」

伊吹は吐き捨てるようにそう言うと、タオルを肩にかけ、後輩らしき部員を呼んだ。

「おい。あの写真と手紙、まだ残ってたか？」

「……あれですか？　多分、まだゴミ箱にあると思います」

「取って来い」

走り去る部員を目で追ったジュウは、乱取りをしていたはずの部員たちが一人残らずこちらを見ていることに気づいた。その視線にも、やはり敵意が込められている。

部外者が歓迎されないのはわかるが、これはそんな生易しいものではない。

……どういうことだ？

駆け戻ってきた部員は、手紙と何枚かの写真を伊吹に渡した。

「これが理由だ」

伊吹の手が振られ、手紙と写真がジュウの胸に当たって落ちる。

ジュウは、床に落ちたものを拾い上げた。まずは写真。二枚あった。

一枚は、ジュウと光がキスをしている場面。

もう一枚は、ジュウが光を抱きしめている場面。

どちらも、ジュウが痴漢疑惑に巻き込まれた日のものだ。

こんなもの誰が……。

困惑しながらも、ジュウは次に手紙に目をやる。印刷された文字で、送り主は「善意の第三者」。その内容は告発文だ。

堕花光は、普段は猫を被っているが、裏では援助交際で小遣いを稼ぐような女。誰とでも寝る淫乱女。自分の容姿に自信があり、男を骨抜きにしてから捨てるのが趣味。その名声と家柄に目をつけ、今は伊吹秀平を攻略中。いずれは金ヅルにしようと企んでいる。用心棒として柔沢ジュウというチンピラを飼っているので、ご注意されたし。

手紙には、そんなことが書かれていた。

「何だよ、これは……」

根も葉もない作り話だ。

伊吹が言うには、手紙も写真も、数日前に道場の前に置かれていたものらしい。

だから部員たちもみんな知っている、ということか。

冗談じゃない。

「こんなものウソだ！」

「ウソ？」

「ああ、この写真だって違う。これは、そういうことじゃないんだ」

「何が違う？　合成写真とでも言うのか？」

「いや、それは……」

「君は彼女の用心棒で、彼女とこういうこともしてるんだろ？」

「そうじゃない！　俺とあいつは、そういう関係じゃ……」

「じゃあ、どういう関係だ？」

「あいつは友人の妹で、ちょっとした知り合いっていうか……」

「つまり彼女は、ちょっとした知り合いとでもこういうことをするわけだ」

「いや、そうじゃなくて、これは……」

「これは？」

上手く説明できない。

言葉が続かないことで、ジュウに対する伊吹の不信感は増していく。

ジュウは己の無能さを呪った。

くっそ！

どうして俺は、こんなに頭が悪いんだ。

「くだらない弁解ならいい。それで、君は何の目的でここへ来た？」

「それは、だから……」

「どうせお礼参りでもしに来たんだろ！」

粗野な声を響かせ、部員の中でも一際大きな体の男が伊吹の側にやって来た。

「伊吹。こんな奴、まともに相手する必要はねえぞ」

男は伊吹を下がらせると、ジュウの前に立つ。ヤクザ顔負けの威圧的な容姿で、背はジュウよりも高い。周りの部員たちの反応からして、空手部の主将だろう。

男は、横柄な態度でジュウを見下ろす。

「おまえか、柔沢ジュウってのは？　俺はここの主将、鏑木だ。何を企んでるのかは知らんが、とっとと帰れ」

「いや、待ってくれ！　これは違うんだ！　手紙はウソだし、その写真も、おまえらが考えてるようなものじゃない！　誰か仕組んだ奴がいるんだよ！」

「誰だ、その仕組んだ奴ってのは？」

「そ、それは、わからないけど……」

「適当なことばっか言ってんじゃねえぞ、このチンピラ！」

鏑木の太い指が、ジュウの髪の毛を掴む。ジュウは抵抗しなかった。

今日は話し合いに来たのだ。

「これは違うんだ、本当に……」

「黙れよ、チンピラ。騙そうったってそうはいかねえ。危ないところだったたな、伊吹」

鏑木は伊吹の肩を叩き、歯を剝き出しにして笑う。

「この伊吹秀平は、日本空手界のホープ。世界だって狙える天才だ。父親は政治家だし、才能も家柄も、チンピラとヤリマンが関わっていいようなもんじゃねえ」

「光は、そんな女じゃない！」

「うるせーんだよ、ボケ！」

鏑木はジュウの髪の毛から手を放すと、その顔に正拳突きを叩き込んだ。重量級の一撃。よろけながらも、ジュウは何とか倒れぬように堪える。

我慢しろ。

ここで暴れたら、光の名誉も傷つけることになる。

「鏑木さん、やりすぎです！」

「いいんだよ、伊吹。こういうクズは動物と同じでな、殴られなきゃわからんのだ」

ジュウが抵抗しないのを見ると、鏑木の笑みはさらに濃くなった。体格に恵まれた彼は、自分より小さい者はみんな弱者とでも思い込んでいるのかもしれない。

そして、弱者は強者に従うものなのだと。

「そうそう、この前のは傑作だった。なあ、おまえら！」

鏑木が後ろの部員たちに同意を求めると、彼らは皆一様にニヤニヤと笑っていた。

集団というものは、人間の一面を増長する傾向がある。例えば悪意。

「こっちはとっくに本性に気づいてるのに、あのヤリマンは全然わかってなくてよ。恥知らずにもこの道場に遊びに来て、しかも伊吹に告白なんかしやがるから、少し俺が可愛がってやってさ。もちろん暴力なんかじゃねえ。組手だ。どんなに格闘技をやろうが、女なんざ、男がちょっと本気を出せば軽くぶっ飛ばせる。ナメんじゃねえってな。お仕置きのつもりで散々ぶん殴ってやった」

……こいつか。

ジュウは鮮明に覚えている。

光の顔や体にあった痣。あれは、こいつがつけたものなのか。

「それで泣きでもすればまだ可愛げがあるとこだが、あのヤリマン、涙一つ見せやがらねえ。根っからの性悪女ってわけだ。ムカついたから、みんなでヤリマン帰れの大コールよ」

そのときの光景を、光が道場から去って行く光景を思い出したのか、周りからドッと笑い声が上がったが、さすがに伊吹だけは抗議した。

「鏑木さん、それはいくら何でも……！」

「怒るなよ、ただの稽古だ。おまえが帰った後もまだ道場に残ってたから、ちょっとばかし厳しめにな。おまえが気にすることじゃねえ」

周りの部員たちも鏑木の意見に賛同する空気なのに気づき、伊吹は口を閉じる。

「だいたいだな、あのヤリマン、今度はこんなチンピラを送り込んできやがったんだぞ？　同情する余地なんて………ん？　てめえ、何やってんだ？」

ジュウは腕時計を外して、右の拳に巻いていた。

自分でも理由はわからないが、何故かそうしていた。

軽く拳を握る。

「何やってんのか訊いてんだよ！」

鏑木の怒声に、ジュウは笑顔で応えた。

「おまえ、光を殴ったんだって？」

「それがどうした」

「何発殴った？」

「さあな。忘れた」

「そっか」

気がつくと、ジュウは鏑木をぶん殴っていた。

なるほど、こうしたかったのか、と自分の欲求に納得。鏑木は、白目を剝いて後ろへ倒れる。ジュウは無意識のうちにかなりの力を込めていたらしく、拳は鏑木の鼻を完全に潰し、ついでに前歯もまとめてへし折っていた。

もっと殴りたかったのに、一発で倒れてんじゃねえよ。

光がこいつに負けたのは精神的なものが理由だろうな、とジュウは思った。

「主将！」

伊吹は鏑木の肩を揺すったが、苦しそうに呻くだけで、開いた口からはまともに言葉も出てこない。部員たちは、信じられないという表情で見ていた。空手部の主将が、素人に負けるという衝撃。しかしそれは、すぐにジュウに対する怒りに変換された。

「何しとんじゃ、コラ！」

「ぶっ殺されてーか！」

「殺す、こいつマジで殺す！」

「半殺しじゃ済まねーぞ、おい！」

ジュウを取り巻く殺気と怒号の渦。

ああ、うるさい。でも久しぶりだ、この感覚。

呼吸を落ち着かせながら、ジュウの顔に笑みが浮かぶ。

「みんな、落ち着け。外に声が漏れる」

伊吹は肩にかけていたタオルを投げ捨て、後輩に指示を出す。

「扉に鍵をかけろ。誰も、ここには近づけさせるな」

道場の扉が閉まり、鍵がかけられた。

数人が鏑木の手当てに動き、残りの部員たちはジュウを取り囲む。

「柔沢。貴様こんなことをして、無事に帰れると思うか？」

「黙れ」

ジュウのエンジンは、ギアがトップに入ってしまった。要するにキレた。

光を痛めつけた？

みんなで罵声を浴びせた？

ふざけんじゃねえ。あいつは十五歳の女の子なんだぞ。

そんなことをされたら、どれだけ傷つくと思ってる。泣くに決まってるじゃないか。

でもあいつは、この連中の見ている前では涙を見せぬように、努力し続けたのだ。

それが堕花光のプライド。

昨日の彼女の涙には、伊吹に振られた悲しみだけでなく、鏑木に敗れ、罵声を背に受けながら空手部を後にした悔しさも込められていたのだろう。

自分のことは別にいい。柔沢ジュウはたしかにチンピラみたいな男で、誉められる点など一つもない、どうしようもない奴だ。だから、侮辱されても仕方がない。甘んじて受ける。でもあいつは、光は違う。この連中に侮辱されるような子ではない。

逃げられぬように扉は閉ざされ、ジュウを包囲する部員の数はおよそ三十人。ジュウが今まで一度に相手にしたことのある人数は、最大で十五人。

だが、ジュウに危機感はなかった。それどころか喜んでいた。

良かった。これでもう、誰も逃げられない。全員ぶっ飛ばせる。

じりじりと距離を詰めてくる周囲の部員たちを、伊吹が片手を上げて制した。

「待て、おまえら。俺一人でいい。このチンピラに、武道の何たるかを教えてやる」

「やってみろ」

型通りに拳を構える伊吹に対して、ジュウは拳を鳴らす。無意味な行為。むしろ挑発。

いきなり右パンチ。それが空を切った瞬間、ジュウの左足に衝撃が走る。伊吹の強烈な下段蹴り。それに体勢を崩されながらも、ジュウは左右の拳を全力で振り回す。軽いステップでかわされ、伊吹にはかすりもしないが、ジュウはおかまいなしに続ける。パンチが空を切る度に、伊吹の下段蹴りがジュウの左足を打ち抜いた。執拗に同じ場所を蹴る。左足が痺れ始め、ジュウの動きが鈍ったのを見計らい、伊吹は真正面から突進。顔面を狙ったジュウの右パンチを受け流し、カウンターで正拳突き。重く鋭い一撃に、ジュウの奥歯が軋み、目がくらみそうになる。それでも倒れないジュウに、伊吹はさらに下段蹴り。もちろん狙いは左足。ついに左足から床を踏む感覚も失せ、ジュウはバランスを崩す。その頭に横殴りの衝撃。伊吹の上段蹴りが、見物していた部員たちの足元までジュウを転がした。

痛みで頭の中がガンガン鳴っていたが、ジュウはそれを無視。

……やりやがったな！

ジュウはすぐに起き上がり、しかし痺れた左足に力が入らず、そのまま尻餅をついた。

「タフだな」

それしか取り柄がないとでも言いたげな、伊吹の口調。

何か言い返そうとしたジュウを、周りの部員たちが蹴った。顔も腹も腕も足も関係なく、部員たちはジュウを蹴り続ける。

「伊吹先輩に勝てるわけねーだろ！」

「バカじゃねえの、こいつ」

「素人が調子のってんなよ！」

部員たちが声を上げて笑う。そして蹴る。

息一つ乱れた様子もなく、伊吹は事務的に告げた。

「けじめはつけさせてもらおう」

伊吹の指示に従い、部員の一人がジュウを後ろから羽交い締めにする。ジュウは暴れたが、まだ足に力が入らなかった。ジュウの抵抗を完全に封じるため、両手足もそれぞれ別の部員が掴む。

「誰か、バリカンを持って来い。こいつの髪を刈る。丸坊主にしてから、校門の前に捨てろ」

「待てよ！　まだ終わってねえだろ！」

何とか羽交い締めを解こうともがくジュウを、周りの部員たちが面白半分に殴りつけた。ジュウが黙るまで殴り続ける。

「二度と俺の前に顔を見せるな。今度は、こんなものじゃ済まさない」

それだけ言ってもう興味をなくしたのか、伊吹はジュウを見てもいなかった。

ちくしょう！

ジュウの心を埋め尽くす怒りは、自分へ向けられたもの。

腹が立った、自分に。

情けなかった、自分が。

柔沢ジュウはこんなものなのか。

誰かに髪を掴まれた。バリカンが見える。みんな笑ってやがる。

部員たちの嘲笑に囲まれながら、ジュウの髪にバリカンの刃が当てられようとしたとき。

道場の扉を、誰かが叩いた。

扉の向こうから声。

「誰か、鍵、開けてくれない？　鏑木先輩に用があるの」

よく通る女の声だった。部員たちの動きが止まり、扉の側にいる部員が、指示を求めるように伊吹に視線を送る。

「どうしたの？　早く開けて」

伊吹は舌打ちし、後輩に鍵を開けさせた。

廊下から姿を現したのは、空手着を身にまとった長身の少女。短く刈った髪と、すらりと伸びた長い足。中性的な顔に無愛想な表情を浮かべ、彼女はまるで気後れすることなく、男ばかりの道場の真ん中へと進んだ。

「鏑木先輩はどこ？　話があるんだけど……」

彼女の視線がジュウで止まり、僅かに眉が上がった。一応驚いているらしい。

「……柔沢くん、何でここにいるの？」

「そっちこそ、何でここに……」

少女は、円堂円だった。ジュウは彼女の空手着姿を見るのは初めてだが、見間違えるはずがない。こんな雄々しい少女は、まず他にいないだろう。

円は腰に手を当て、ジュウに言う。

「ここ、うちの学校よ」

「……えっ？」

光雲高校は、円と雪姫の通う高校。以前に聞いたことがあったような気もしたが、ジュウはすっかり忘れていたのだ。

「たしか初めてよね、うちの学校に来るの」

ジュウが空手部の部員に羽交い締めにされ、頭にバリカンを当てられているのを目の当たりにしながらも、円はそれが見えないかのように平然と尋ねた。

「ひょっとして、雪姫に会いに来た？　あの子なら、今日はもう帰ったわよ。秋葉原にゲーム買いに行くとか言ってた。今から行けば会えると思うわ。必要なら、地図を書くけど」

「……いや、今日は雪姫に用じゃない」

「そう」

「円堂、おまえ、こいつと知り合いなのか？」

意外そうな顔で、伊吹が口を挟む。

二人の接点が見えないのだろう。

「彼、わたしの友人の友人なのよ。それでこれは、どういう状況？」

円は一度周囲の部員たちを見回してから、伊吹に視線を戻す。

「まさかリンチ？」

「これは制裁だ」

「この男は、こともあろうに道場で暴力を振るい、鏑木主将に怪我を負わせた。見過ごすことはできない」

円は道場の端で呻いている鏑木の方を一瞥し、だいたいの事情を察したようだった。

「なるほど、それで空手部の敵というわけね……」

思案するように腕を組む姿からは、焦りも苦悩も窺えない。

「おまえは引っ込んでいろ。これはうちの部の問題だ。女子空手部には関係ない」

「そうだ、引っ込め！」

「帰れ、女子部！」

「女は黙ってろ！」

一斉に上がる部員たちの抗議の声。

円は、それを発した部員の一人に近づいていった。

縦横どちらのサイズも円に勝る、大柄な部員だ。

その部員を見上げながら、円は言う。

「あなた今、女は黙れとか言った？」

「言ったがどうした？　女が偉そうにすんじゃねーよ！」

円の右手が振られた。手首による一撃が部員の顎をかすめ、顔が奇妙に歪む。下顎の骨が外れ、真横にずれたのだ。

「制裁？」

その痛みに目を白黒させながら顎を手で押さえ、部員は床に崩れ落ちる。

「子宮も持ってないくせに、偉そうにしないでほしいわね」

冷たく言い放つ円に、もう誰も罵声を浴びせようとはしなかった。

ジュウの一撃は反感を買い、円の一撃は場を沈静化させた。

それは危険度の差か。

うずくまる部員には目もくれず、円は伊吹に問う。

「これでわたしも、男子空手部の敵？」

「……おまえ、うちと全面的に争うつもりか？」

「武人だからね」

円を見る伊吹の顔は苦渋に満ちていたが、理性が勝ったのか、諦めるように息を吐いた。

「……連れていけ」

「良かった、冷静ね。それじゃあ、柔沢くんはわたしが引き取ります」

この部において、伊吹の発言力は主将に次いで大きいのだろう。大半の部員たちは不満を残しながらも伊吹の決定に従ったが、何人かは円を取り囲もうと動いた。

円はそれを、冷めた眼差しで見る。

「まさかとは思うけど、みんなで寄ってたかって女の子一人を暴力で屈服させてやろうとか、考えてないわよね？」

女の子、という部分をわざと強調する円。そうまで言われては、さすがに部員たちもこれ以上の手出しはできない。

顎の骨を難なく外すという力を見せておきながら、自分が女であることも武器にする。

そのしたたかさに、ジュウは感心した。

雨と雪姫の友人だけあって、あの二人に通じるものがある。只者(ただもの)ではない。

円は部員たちの反論がないことを確認してから、場を収めるように手を叩いた。

「さ、柔沢くん、行くわよ」

解放されてもジュウの足元はまだふらついていたが、円は手を貸さない。

彼女はそこまで甘くない。

「悪いが、まだ終わってねえんだ……」

痺(しび)れる足に活(カツ)を入れながら、ジュウは伊吹に向かって拳を握って見せる。

円に感謝しつつも、ジュウの闘志は未だ健在。今の中断も、それを冷ましはしなかった。

「もうやめときなさい」

「ダメだ、まだ……」

円は、もっとも簡単で効果的な方法を用い、ジュウを止めた。誰もが知る男の弱点。彼女はジュウに近づき、その股間(こかん)を手で握ったのだ。それは男にとって、心臓を握られるにも等しい感覚。平気でいられる男など、まずいない。頭に上っていた血が一気に下がり、肝(きも)が冷えた。

「やめるわね?」

握る手に力を込めることで、ジュウの反論は封じられた。

これは気合いや根性でどうにかなるものでもない。

悔しいがどうしようもなく、ジュウは頷くしかなかった。

「よろしい」

円は、ようやくジュウの股間から手を放した。

「鏑木先輩の方は……まあいいわ。伊吹には来てもらおうかな。詳しい事情を聞きたいし」

「断る」

伊吹は背を向ける。伊吹秀平は潔癖な男だと、光は言っていた。その通りなのだろう。彼の背中には、穢れたものとは関わりたくないという拒絶の意思が表れていた。穢れたものとは、ジュウのようなチンピラであり、そのチンピラと深い仲である光のこと。

「俺には話などない。そいつを連れて、さっさと消えてくれ」

「そう」

その意思は堅いと見たのか、円も無理強いはしなかった。

だがジュウは反発する。

「おい、待てよ！　こっちには、まだ話がある！」

「犯人を連れて来い」

振り返らずに、伊吹は言った。

「犯人？」

「おまえの言うように、何者かが仕組んだことなら、犯人がいるんだろ？」

「それは……」

「その犯人を連れて来て、証明して見せろ。話はそれからだ」

　放課後でも開いている学食を利用するのは、部活をしている生徒が大半。練習を終えた生徒たちが、食事をしながら歓談する空間だ。その隅の方の席に、ジュウと円は向かい合うようにして座っていた。空手部の部室から円に連れ出されたジュウは、その後で半ば無理やりここへ連れて来られたのだ。隅の方の席を選んだのは、ジュウは他校の生徒なのであまり目立たない位置が良いだろうという、円の判断。

「事情を話してくれる?」

　憮然とした表情で口を開かないジュウを見て、円は一度席を立つ。更衣室で制服に着替えた彼女は、今はスカート姿。制服以外では決してスカートを穿かないらしいので、ジュウも初めて見る光景だ。長身で姿勢も良い彼女は、まるでモデルのようでもある。

　円は券売機で食券を購入してから、カレーうどんを一つとお茶を二つトレイに載せて戻ってきた。ジュウをここへ連れて来たのは、自分が食事をするついでなのかもしれない。円はお茶の入った紙コップの一つを、ジュウの前に置いた。

「話したくない?」

円はテーブルに置かれた七味唐辛子の瓶を持ち、カレーうどんに振りかける。

「何も話したくないなら、もう帰りなさい」

円としては、どちらでもかまわないのだろう。興味があるわけではなく、成り行きで関わったから少しだけ付き合っても良い、という程度の姿勢だった。

ジュウは帰っても良かったが、あんな情けないところを見られた以上、円に事情を話すべきかとも思える。しかし、どこまで話せばいいのか。

「円堂さんを信用してないわけじゃないけどさ……」

「その『円堂さん』ていうの、やめてくれる？　媚びてるみたいで気持ち悪いから」

友人と呼べるほど親しくはないので、ジュウは一応気を遣っていたつもりなのだが、それが円には気に障るようだ。まあ、どちらでもいいことか、とジュウは承諾した。

どこまで話すかジュウが迷っている間にも、円はずっと七味唐辛子をカレーうどんに振りかけていた。汁の表面を完全に埋め尽くしたところで、ようやく手を止める。

「……辛党なのか？」

「空手部だからね」

全然意味がわからなかったが、ジュウは聞き流しておいた。

雪姫が甘い物を食べるのに自分を誘った理由が、少しだけ理解できる。円がこれほどの辛党では、とても誘えないだろう。

円は、うどんを箸で掻き回しながら言う。

「取り敢えず、全部話してみなさい。秘密は守るから」

見ているだけで舌と喉が痛くなりそうなうどんを、円は流れるような手つきですすった。涼しげな顔からは、七味唐辛子の効果は窺えない。彼女の仕草は、雨のように上品でも、雪姫のように子供っぽくもなかった。どことなく演劇的だ、とジュウは思う。まるで己の人生をかけて「円堂円」という存在を演じているような、そんな不思議な印象がある。常に平常心。自分自身を完璧に制御できているのだろう。

ここで逡巡しても意味がないと思い、ジュウは円に事の経緯を説明することにした。円は食事を続けながら、黙ってそれを聞く。写真への弁解には不可欠である以上、痴漢疑惑の件も話した。彼女は表情を変えないので、どういう感想を抱いたのかはわからない。

話を聞き終えた円は、箸を置き、テーブルの上で静かに指を組む。

そしてジュウと視線を合わせた。

「柔沢くん」

男嫌いを自称する彼女がこうしてジュウと視線を合わせるのは、とても珍しいことだ。

ジュウは少しだけ緊張する。

「まず最初に一つだけ、あなたに言いたいことがあるわ」

「何だ？」

「大事なことよ」

「ああ」

「わかってるよ！　俺はやってない！」

「痴漢はダメ」

「痴漢は犯罪です」

「だからわかってるって！」

「男はそう言ってやるからね」

男全体を軽蔑するように円はそう言い、だがジュウには少し情状酌量の余地があると思ったのか、付け加えた。

「まあ、雨は少し発育不足で、性に関してだけは知識に乏しいし、雪姫は、あれで意外とガードが固いから、柔沢くんは欲求不満が溜まるのでしょうけど」

「溜まってない！」

「性欲がないの？」

「いや、そりゃあ性欲くらいあるが、あいつらをその対象にしようとは思わないし、他の誰かで済ませようとかも……」

円が真顔でこちらを見ていることに気づき、ジュウは咳払いで続きを誤魔化した。

雨と雪姫と円。この三人に共通する部分はいくつかあるが、その一つはみんなマイペースということだ。そして、そのペースに相手を巻き込む。悪意は感じないし、そうなることで話がスムーズに進むことも多いので、ジュウとしては複雑な気分である。

気を落ち着かせようとジュウがお茶を飲む間に、円は話を進めた。

「光と伊吹の関係は、多少は知ってたけど、さすがにそういう展開があったことまでは知らなかったわ。男なんか信じるなって、あの子にはいつも言ってるのに……」

光を哀れむように視線を落とし、円は続ける。

「本来、あなたのトラブルにわたしは口を出す気なんてない。でも、光が絡んでるならそうもいかないかな。友人の妹で、空手の同門だしね」

円と光は、同じ町道場に通っている。円は学校の女子空手部にも所属し、主将も務めてはいるが、部活動はレクリエーションのような位置付け。試合などは想定せずに、日常の護身術として身につけたいと望む女子生徒を相手に指導しているらしい。

「それにしても、呆れたわ。いきなり部室に乗り込んで、おまけに主将を殴り倒すなんて。理由はどうあれ、あなたがやったことは、結果としてはただの殴り込みよ」

男子空手部は歴史も実績もあり、それゆえにプライドも高い。だから、ジュウのしたことは彼らにとって耐えがたい挑発行為なのだ。素人に主将を倒して帰られては、部の面目は丸潰れというわけである。

「行動が短絡的すぎる。あそこで暴れたりしたら、ますます向こうの不信感を強めるだけでしょうに」

「しょうがねえだろ、頭にきたんだから」

「怒り狂って好転することなんて、世の中には一つもないわよ」

その通りなので、ジュウは反論できない。

「……まあ正直、鏑木先輩にはいい気味だと思うけどね。彼、女をバカにする傾向が強くて。うちの部の女子にもよくちょっかいを出してくるから、今日は注意するつもりだったのよ」

「本当なら、全員ぶっ飛ばしてやりたかった」

悔しそうに拳を鳴らすジュウを見ながら、円は言う。

「彼らとしては、光のことを許せないという気持ちなんでしょうね」

堕花光は、容姿も言動も目立つ女の子。道場によく見学に来る光は、部員たちにとってアイドルのようなものだったらしい。光の目的は伊吹で、それは周囲の部員たちも気づいていたが、それでも彼女の輝くような笑顔に魅了された部員は多かった。

その感情が、あの手紙と写真によって変化してしまったのだ。「裏切られた」、あるいは「騙されていた」という憎しみに。そこには、決して自分たちには振り向いてくれない光への嫉妬も働いていたかもしれない。愛しさと憎しみは表裏一体。どうせ手に入らないのなら傷つけてやれ。

伊吹に振られて呆然となっていた光を狙い、彼らの裏返った感情はぶつけられた。

「伊吹が道場に残ってれば、そこまで酷いことにはならなかったはずだけど」

「どうして?」

「彼、フェミニストだから」

さっきの駆け引きで伊吹が折れたのには、円が女であることも関係していたのだろう。

「良くも悪くも、真面目で潔癖な奴でね。真面目だから練習も熱心だし、空手の腕はかなりのものよ。あなたみたいな素人が正面からやっても……」

円はそこで言葉を切り、ジュウの顔をじっと見る。

「何だよ?」

「伊吹にやられたわりには、回復が早い。顔の腫れがもう引き始めてる」

やられたわけじゃないとか、まだ負けてないとか、言いたいことはあったが、ジュウはやめておいた。どれも負け惜しみにしか聞こえないだろう。

伊吹はたしかに強い。さすがに全国優勝した空手家。だが、絶対に勝てないとまでは思わなかった。ジュウの知る最強は母の紅香であり、彼女に比べたら、伊吹にもそれほどの脅威は感じない。もっとも、あのまま続けても勝てたという保証もない。

ジュウは改めて考える。

伊吹も、手紙だけなら信じなかっただろう。だが、光が自ら進んでジュウにキスをしているあの写真は、伊吹に衝撃を与えたのだ。真面目で潔癖な伊吹にとって、ジュウのような不良は容認できない存在。そんなジュウに、光はキスを与えた。自分とはまだ何もしていない光が、純粋な子だと思っていた彼女が、ジュウのようなチンピラにそれを許した。綺麗なものには裏がある。手紙に書かれているのは本当のことで、光は自分を騙しているのかもしれない。伊吹は、そう思ってしまったのか。自分は光の表の顔しか知らなかったのだと、思ってしまったのか。だから伊吹は、光を冷たく突き放したのか。

紙コップの中のお茶を手で揺らしながら、ジュウはぼやくように言った。

「好きってのはさ、何があっても信じてやることじゃないのか?」

伊吹は、まず手紙と写真の真偽を光本人に問い質せば良かったのだ。

それさえせずに光を遠ざけた伊吹の気持ちが、ジュウには理解できない。

「どうかしら」

悩むジュウとは対照的に、円は完璧な平常心。

「恋愛なんて、要するに相手を利用して自分の恋愛幻想を満たす行為だからね」

そうなのだろうか。恋愛なんてそんなものなのか。

恋愛について深く考えたことのないジュウには、伊吹の気持ちも光の気持ちも、理解するのは無理なのかもしれない。

お茶を一口飲み、円は言う。

「まあ、一度でも芽生えた不信感を拭うことは、なかなか難しいでしょう。手紙の内容はウソでも、写真は事実なんだし」

そこが問題だ。全てがウソなら全否定で済むが、一部は事実。全てのウソを否定しても、最後に事実は残ってしまう。

参ったなあ、とジュウが天井を見上げていると、近くを通りかかった数人の女子生徒が、円に頭を下げて行った。その際、彼女たち全員が、ジュウの方をキツイ視線で睨んでいく。

まるで恋敵でも見るようだった。

「誰あれ?」

「ショック！」

「ああ、円様が……」

「見た？　何あの金髪」

小声で話しながら遠ざかる女子生徒たちを、ジュウは頬杖をついてぼんやりと目で追う。

円の容姿から察しはついていたが、やはり女子生徒から人気があるようだ。

「……もてるんだな」

「空手部だからね」

慣れている様子で、円は平然とお茶を飲む。

円は学校でも男嫌いを公言しているそうだが、こうしてジュウと二人で話しているところを見て、男嫌いというのはウソじゃないかと、さっきの女子生徒たちは思うかもしれない。

疑いとは、些細なきっかけからでも生まれる。伊吹の場合、それがあの手紙や写真。光への疑いの気持ちを伊吹に植えつけた効果は、手紙の差出人が目論んだ通りのものだろう。

差出人か……。

伊吹は言った。自分の主張の正しさを証明したいなら、犯人を捕まえてこいと。

そう言わせたのは、伊吹の中に残る光への未練なのか。

まだどこかで光を信じたい気持ちがあるのか。

「こうなったら、どこのどいつか知らないが、捕まえてやるかな……」

「捕まえてどうするの？」

「光と伊吹の前に連れてきて、洗いざらい白状させてから土下座させる」

円はジュウの顔をまじまじと見つめ、それからほんの少しだけ、笑った。無愛想な彼女が笑うのは非常に珍しい。しかもそれは冷笑ではなく、温かみのある笑みに見えた。

「単純ね」

「悪いかよ?」

「いいえ、悪くない。悪くないけど、でも、危ないな、あなたみたいのは。この世界だと死にやすいのよ。これじゃ、雨があなたを放っておけない気持ちもわかる」

円は笑みを消し、長い指を組み直す。

「今回の件、光には災難だけど、失恋の傷なんて時間が解決するでしょう。あの子はそのうち立ち直る。だから何もしなくていいと思う。でもあなたは、それじゃ納得できないわけね」

「ああ」

「どうしても?」

「ああ」

「頑固ね……」

軽く息を吐き、円は言う。

「少しだけ考えてみましょうか。あなたは怒ってる。で、その怒りを向けるべき相手は?」

「手紙の差出人だ」

「そう。それは多分、あの写真を撮ったのと同じ人物ね。考えられる犯人像といえば、まずは恋敵かしら」

「恋敵?」

「伊吹に恋する誰かがいる。その子が、あなたと光がキスした場面を偶然目撃し、写真に収める。そして後日、光が伊吹と親しげにしているのを見て、こう思う。あんな汚らわしい女に憧れの彼を奪われるなんて許せない。この証拠写真を見せて、彼の目を覚まさせてあげなきゃ……という具合かも」

ありえるな、とジュウは思う。

伊吹は女子から人気が高いそうだし、光を妬んで、その幸せを邪魔しようとする者がいてもおかしくはない。

「手紙にあなたの名前があったのは、重要な点よね。差出人は、光と伊吹、そしてあなたを知る人物。ひょっとすると、一人じゃないのかも。何人かの集団かな」

そこでジュウは気づいた。

……幸せを邪魔する、集団?

これって、まさか、あれか……。

ジュウはお茶を飲み干し、紙コップを握り潰した。

「円堂、幸せ潰しって知ってるか?」

「何、それ?」

ジュウが手短に説明すると、円は苦笑を浮かべる。

「いかにも雨らしい解釈と命名ね」

以前に雪姫が言っていた通り、この学校でも幸せ潰しが起きていることを円も認めた。円と雪姫も被害に遭っているが、基本的には無視しているそうだ。特に円は、女子から熱烈に好かれる代わりに男子からはあまり好かれておらず、小さな嫌がらせは入学当初からずっとあるらしい。円としては、もう慣れたということだった。

この学校でも幸せ潰しはある。光の中学でもある。ならば、今回の件も幸せ潰しを仕掛けてる奴らがやったのではないのか。

ジュウはテーブルを指先で叩き、どうにか考えをまとめようとしたが、上手くいかなかった。こんなとき雨がいれば、と少しだけ思う。どんなに焦っていても、彼女がいると不思議とジュウは落ち着くのだ。

無言で頭を働かせるジュウを見て、円は席を立ち、紙コップにお茶を入れて戻ってきた。それをジュウの前に置く。

「あなた、変な人ね。他人のために、そんな必死になって」

ジュウは紙コップを持ち、お茶を半分ほど飲んだ。

「別に、そこまでカッコイイ話じゃねえよ。この件は、俺もいくらか迷惑してるんだ」

痴漢疑惑や猫の死骸などの嫌がらせには、ジュウも腹が立っている。だが一番腹が立っているのは、真面目に生きてる者の幸せを邪魔する奴がいることだった。

自分のようないい加減な奴は、不幸になっても当然かもしれない。

でも光は、そうじゃない。本当にいい子なのだ。

彼女が不幸になるのなら、世の中は間違ってるとジュウは思う。

誰かが裏でそうしているというなら、そいつを一発殴ってやらなければ気が済まない。

「まあ、やってみなさい。わたし、あなたに関してはしばらく様子を見ることにしたから」

やや投げやりな口調なのは、ジュウの行動にあまり干渉するつもりはないという彼女の意思の表れだろう。堕花雨はジュウに忠誠を誓っている。斬島雪姫はジュウに興味を持っている。しかし円堂円は、ジュウに何ら特別な感情を持ってないのだ。それでもこうして話に付き合ってくれるのは、雨と雪姫への義理なのかもしれない。

円は制服のポケットから手帳を出して一枚破くと、そこにボールペンで数字を書いた。それをジュウに渡す。

「これ、わたしの携帯電話の番号」

「いいのか？」

「いいのよ。あなたのためじゃなくて、わたしのためだから」

円は、ジュウを鋭い眼差しで見据えた。

「例えばね、あなたが誤って誰かを殺してしまったとするわ。そうなったとき、雨はどうすると思う？」

「そんなの……」

「わからない？　あの子、あなたを助けるために全力を尽くすわよ。死体を隠して、証拠を隠滅して、警察の捜査を混乱させて、考えられる手段は全て使って、あなたを助ける。多分、雪姫もそれに協力するでしょうね。目撃者がいれば、殺すかもしれない。あなた、あの子たちのそんな姿を見たいの？」

　絶句するジュウに、円は続ける。

「あなたが何をしようと、それは勝手。でも、あなたが失敗すれば、それは雨や雪姫にまで響く。そして、それはわたしにまで及ぶかもしれない。だから、そうならないように気をつけなさい。もし、それが無理なら言って。あなたがどこか遠くへ、あの子たちの目の届かないところへ行けるように、力を貸してあげる」

　あまり迷惑をかけるようなら消えてくれ。

円はそう言ってるのだった。これは脅(おど)しの言葉だ。

バカバカしい、とジュウは思った。

「心配いらねえよ」

ジュウは本音(ほんね)を漏らす。

「そんなことになる前に、あいつらは俺に飽きる」

自嘲(じちょう)気味な笑みを浮かべるジュウを、円は真顔で見ていたが、やがて大きく息を吐いた。

「……本当に、変な人ね」

誉めてるとも貶(けな)してるとも言えない口調だった。

円は腕時計を見る。

「わたし、そろそろ行くけど。柔沢くん、これだけは忘れないで」

ジュウに顔を近づけ、円は神妙(しんみょう)な様子で言う。

「大事なことよ」

「何だ?」

「痴漢はダメ」

「わかってるよ! 何度も言うな!」

「男は信用できないからね」

こいつの男に対する不信感の根元にあるものは、何なのだろう?

雨の忠誠心にも通じる、動かしがたいものなのか。

よくわからない。

幸せ潰しを仕掛ける連中の気持ちも、よくわからない。

世の中、よくわからないことだらけだ、とジュウは思った。

第４章　幸福クラブ

昼休み。ジュウは眠気を追い払うために、水飲み場で顔を洗っていた。

午前中の授業をほとんど寝て過ごしたお陰で少しは楽だが、近頃は寝不足気味の日が多く、あまりスッキリしない。

昨日、円と別れた後も、ジュウはずっと考えていた。前に雨が推理した通り、あの痴漢疑惑はジュウを標的に仕組まれたものであると仮定してみる。あの写真を撮った者は、本当はジュウが警察に連行される場面でも撮るつもりで待機していたのだろう。しかし、予期せぬ光の登場でそれはご破算になり、代わりに撮った写真を、別の標的に利用した。全国大会で優勝するほどの空手家で、家柄も良い伊吹。校内では男女を問わず人気がある光。幸せ潰しをしてる連中は、二人の「幸せ」に目をつけて潰したのだ。あの写真だけで、光と伊吹、二人の幸せを潰すことができるのだから一石二鳥。

たしかな証拠はないし、仮定に継ぐ仮定はジュウの苦手とするところだが、おそらく間違いないと思う。手紙の差出人は、幸せ潰しをしてる連中だ。

そこまでは何とかわかったジュウだが、そこからが五里霧中だった。幸せ潰しをしてる連中を捕まえたい。でも、どうすればいいのか。どこから調べてどう動けばいいのか。

夏休み前の通り魔や、その後のえぐり魔と比べれば、たいしたトラブルではない。しかし、以前に雨と雪姫が言っていたように、犯人は学生で、しかも複数の学校に跨るグループの可能性が高いのだ。ジュウ一人でどうにかできるとは思えない。犯人の目的も曖昧であるし、まだ混沌とした部分も多かった。

ジュウは濡れた顔を制服の袖で拭い、首を左右に捻る。伊吹にやられたダメージは、一晩ですっかり治っていた。頑丈さだけが取り柄だな、と自分でも思う。

今朝は弁当を作り忘れたので、購買部に行くことにした。ポケットの中の小銭を数えながら階段を下り、購買部前の生徒たちの群れをかき分けて、どうにか菓子パンを三つ入手。ついでにウーロン茶も買い、ジュウは足早にその場を離れた。

見たところ校内はいつも通りだが、幸せ潰しの現状はどんなものなのだろう？

どの程度の被害になっているのか？

そんなことを考えながら階段を上がっていると、前方に、危なっかしい足取りで階段を上がる女子生徒の背中が見えた。壁に手をつきながら、一段ずつ階段を上がっている。右膝には包帯が巻かれており、怪我をしているらしい。動きがぎこちないので、怪我をしてからまだ日が浅いのだろう。女子生徒が怪我をした方の足へ無理に体重をかけ、危ないな、とジュウが思った瞬間、彼女の体が傾いた。悲鳴に続いて、その背中がジュウの眼前へと迫る。ジュウは咄嗟に両足を踏ん張り、女子生徒の体を受け止めた。

「危ねえな」

「あ、ありがとう……」

礼を言いながら、女子生徒は落下の衝撃でずり落ちたメガネを直す。そしてジュウに支えられて立ち上がると、ホッと息を吐いた。

「今の、たしかにかなり危ないとこやったわ。ほんまに、ありがとう」

「……なんだ、会長さんかよ」

女子生徒は、白石香里だった。

彼女もそこで相手がジュウだとわかり、少し驚いたように瞬きする。

「君やったんか。いい運動神経しとるな。部活もしてへんくせに」

「生まれつきでね」

今の悲鳴を聞きつけて何人かの生徒がこちらを見ていたので、ジュウはさっさと話を切り上げようとしたが、そこで自分が手ぶらであることに気づく。視線を下方に動かすと、案の定、菓子パンは床に落ちていた。しかも、香里の足元で潰れていた。彼女を受け止める際、ジュウは手にパンを持っていることを忘れてしまっていたのだ。三つとも全滅だったのは不運だが、かろうじて残ったウーロン茶だけを拾い、ジュウはもう一度購買部に戻ることにした。

「悪いけど、それ捨てといてくれ」

潰れた菓子パンを指差し、ジュウは歩き出す。

その様子と自分の足元にある潰れた菓子パンを見て、香里は事情を察した。

ジュウを呼び止める。

「待って、柔沢くん。これ、もしかして君の昼飯か？」

「ああ」

「台無しやな。ごめん」

「別にいいよ」

ジュウはそう言ったが、香里は納得しなかった。

借りは返したいらしい。

「貸し借りはきちんとする。これは人生の基本やで」

その意見には、ジュウも賛成だった。


ほぼ完売していた購買部に話をつけ、香里は奥にある品を引き出してきた。購買部の快い対応は、相手が香里だからだろう。さすがは人望のある生徒会長ということか。

菓子パンを三つ渡されたジュウは礼を言い、香里の足について、それとなく訊いてみた。

「足、どうしたんだ？」

「これか？　昨日、ちょっと事故でな」

香里は自転車通学なのだが、昨日の帰り、坂道を下りている途中でブレーキが切れて転倒し

てしまったらしい。

「ブレーキね……」

ジュウは、そこから幸せ潰しを連想した。成績優秀で人望があり、生徒会長でもある香里は、狙われてもおかしくはない。ブレーキの細工など、切れ目を入れるだけで簡単にできる。たまたま転倒で済んだが、運が悪ければ壁や自動車と衝突して死んでいた可能性もあるだろう。

ジュウが嫌がらせとの関連を口にすると、香里は意外そうな顔をしていた。多発する嫌がらせは誰もが知るところだが、まさかジュウのような人間までそのことを気にしているとは思わなかったのだろう。ジュウはもっと鈍い人間だと、彼女は見ていたのかもしれない。

「……そらまあ、急にブレーキが切れたんは変やけど、誰かのせいにするんはさすがに考え過ぎやろ」

「そうかもしれないし、考えが足りないのかもしれない」

これは雨の言葉を借りたのだが、香里はまたしても意外そうな顔をしていた。

「前も思ったけど、君、話してみると感じが違うんやな。周りの評判ほど粗暴でもないし、話もわかるし、そんなにアホでもない」

「いや、アホだよ、俺は」

ジュウは、一度たりとも自分が賢いと思ったことはない。頭が悪いと、真剣に感じる。

おまけに平凡で、つまらない人間だ。

「なんや、鬱屈しとるなあ」

香里は面白がるようにそう言い、ジュウが興味を持ってると思ったのか、生徒会に寄せられた苦情について教えてくれた。彼女が言うには、ロッカーが壊されたり、ブラスバンド部の楽器が壊されたり、弁当に針が入れられたり、部活のユニフォームをトイレの便器に詰め込まれたり、使用済みの生理用品を机に入れられたりと、嫌がらせはエスカレートの一途らしい。ショックで不登校になってしまった生徒さえおり、申告のないものを含めれば、潜在的な被害者は相当な人数になる。さらに部室で不審火騒ぎなどもあったようで、それらの対応に追われる生徒会は大忙し。しかも、頑として警察沙汰にはしたくない学校側は、とにかく事態を穏便に処理するよう指示するだけで、何の対応策も出てこない。生徒会の責任者である彼女は、生徒の不満と教師の指示の板ばさみにあり、苦労しているようだった。

「誰や知らんが、困った奴がいるもんや。みんな迷惑しとる」

香里はため息を吐く。

「でも、こんなんいちいち気にしとったら、犯人の思う壺なんやろうな。やられた子は、早く忘れた方がええと思う」

その通りだな、とジュウは内心で少し同意する。

こうしてジュウが悩んだり寝不足になったりするのも、犯人の思う壺なのかもしれない。

それでもやめられない。無視できない。

未熟な自分は、達観を気取ってるつもりでも、いつも細かいことを気にしてしまうのだ。

許されるなら、一生を布団の中で自堕落に過ごしたっていいくらいなのに、現実にはそうもいかない。静かに眠るには、周りがうるさすぎる。

時計を見ると、昼休みはもう半分近く過ぎていた。香里から情報を得られるのはちょうどいいので、ジュウは購買部の近くにあるベンチに移動することを提案。二人はベンチに腰を下ろす。怪我をした自分の足を気にしてくれたのだと察し、香里は笑っていた。

「わりと紳士やな」

「普通だろ」

素っ気無い返事をし、ジュウはさっそくパンを食べ始める。そんなジュウを横目で見ながら、香里は言った。

「さっきの話やけど、あれは理想論や。実際は、嫌なことはそう簡単には忘れられん。わたしも、偉そうなこと言うとるわりに、そうやしな」

ジュウが黙っていたからか、あるいは周囲に人気の薄い環境が後押ししたのか、香里は手元に視線を落とし、少し湿った声で言う。

「……わたしな、昔、人を殺したことがあるんよ」

それは前にも聞いたことだが、ジュウは信じていなかった。

本当に人殺しなら、ここでこうしていられるわけがない。自由を奪われ、閉じ込められているはずだ。ジュウの好きだった、彼女のように。

ジュウに聞く意思があると見たのか、香里はポツポツと話し始める。

香里が関東に越してきたのは中学に入ったばかりの頃で、最初は周囲と馴染めなかったらしい。彼女にそれまで転校の経験がないことや、方言の差など、理由はいろいろ。イジメなどもあり、彼女にとって学校は苦痛な場所だった。だが、そんな彼女を一人の男子生徒が救ってくれたのだ。彼は上級生で生徒会長。香里がイジメに遭っているところを偶然見かけたらしい彼は、彼女が周りから浮いているのが原因と知り、生徒会の仕事を手伝ってみないかと誘った。早く周りと馴染めるようにという、配慮だ。困り切っていた香里は、それに従った。そして、それを契機に周囲との確執は次第に消えていった。学校が居心地良くなるにつれて、香里は元気を取り戻し、自分を導いてくれた彼と親しくなっていった。そして自然な流れで、二人は付き合い始めた。幸せな時期。しかしそれも、長くは続かなかった。二人の間に割り込むように、一人の少年が告白してきたのだ。少年は香里の同級生で、ずっと以前から香里を想っていたと主張。自分の方が先に好きになったのだから自分と付き合うべきだと、無茶な言い分を香里に突きつけた。もちろんそれは、香里にとってただの迷惑。香里は友人や教師に相談したが、周りは彼女の困惑ぶりをからかうだけで、あまり真剣に考えてはくれなかった。思春期にありがちな恋愛模様と思われたのだろう。そうこうするうちに、少年は香里の彼氏である生徒会長に勝負を挑んだ。時間は放課後。場所は校舎裏。彼は堂々と受けて立ったが、少年の行動は予想外のものだった。おもむろに懐からナイフを二本取り出すと、一本を彼の足元へと放り、こう言ったのだ。

俺は、白石さんが好きだ。彼女のためなら死ねる。

あんたはどうだ？

彼女への想いが本物なら、それを証明して見せろ！

もちろん、そんな異常な挑戦をまともに受ける者がいるわけもなかった。彼はそれを無視し、すぐ近くで見ていた香里も、それが当然だと思った。だが少年は、何の躊躇もなくナイフで自分の喉を掻き切った。噴き出す血を見て香里はすぐに救急車を呼んだが、少年はその到着を待たずに死んだ。

事情はどうあれ、人間一人が死んだのだ。

彼と香里は学校側に強く責められた。香里は自主退学まで考えるほど悩んだが、彼とお互いに支え合うことで、どうにか乗り切ったのだという。

「嫌な記憶やけどな。でも、それが元で彼とはもっと仲良くなれた。今はアツアツや。人生、前向きに生きとれば何とかなるってことやな……。それにしても君、意外と聞き上手やないか？　そういうとこ、大事にせんといかんよ」

話を終えた香里は、わざと茶化すようにそう付け加えたが、ジュウはその内容にすぐには感想が浮かばなかった。

少年の死に香里が何らかの責任を感じていることは、話す様子から察しがつく。そういう考え方のできる彼女は、きっと善良で繊細な人間なのだろう。

ジュウはしばらく考えてから、素直な感想を口にする。

「大変なんだな、人を好きになるのって……」

命がけで自分の想いを証明して死ぬというのは、愚かな行為で、迷惑ですらあるが、でも、どこかバカにできない部分もあるような気がした。

そこまで真剣に誰かを好きになれるのが凄いと思う。

あの強気な光だって、恋愛の悩みで苦しんでいた。

ジュウは羨ましかった。そんな情熱、自分の中のどこを探してもありはしない。

香里は意外そうに言う。

「君だって、好きな人いるやろ？」

「えっ？」

一瞬脳裏に浮かんだのは、誰の顔だろう。

「見たことあるで、君が女の子と一緒におるとこ。おとなしそうな子やったけど、付き合っとるんやないの？」

「……面白い冗談だ」

そう見えるのだろうか、俺とあいつは。

お互いに、そんな気はないのに。

そこで、昼休みが残り五分であることを報せる予鈴が鳴った。

ジュウは食べ終えた菓子パンの袋を丸め、近くのゴミ箱に放り投げる。

「ごちそうさん」

「柔沢くん」

立ち上がって歩き出そうとするジュウの背中に、香里は声をかけた。

「何だ?」

「君、もうちょっとこう、愛想良くした方がええよ。そうすれば、もっと周りと仲良うできる。いつも一人じゃ寂しいやろ?」

「いいや」

ジュウは空を見上げた。

一面の雲。白い雲。それしか見えなかった。

「俺は、一人でいいんだ」

最近はそうでもなくなりつつあるが、基本は一人だ、とジュウは思う。

騒がしいのは、きっと今だけ。何年か後に振りかえってみれば、今が束の間の奇跡のようなものだったと気づくだろう。祭りと表現してもいい。祭りは必ず終わる。

だから、雨も雪姫も円も光も、いつか紅香もいなくなっても、自分に愛想を尽かしてみんないなくなっても、誰も自分という存在を意識しなくなっても、そのときになってもくじけないように、負けないように、生きていけるように、今から覚悟しておく。

いつか必ず、そうなるのだから。みんないなくなるのだから。

柔沢ジュウに、みんなを繋ぎとめるような力はない。

香里はそれ以上何も言わず、ジュウも何も言わず、二人は別れた。

「ジュウ様、どうかなさいましたか？」

「いや、別に」

雨に答えながら、ジュウは自分の不甲斐なさに呆れていた。いつものように雨と合流して下校したはいいが、どうにも浮かない顔でいるジュウを心配して彼女は声をかけ、ジュウはそれに曖昧な返事しかできない。

六時限目の授業終了まで考え続け、ジュウは行動を起こすことに決めた。これ以上迷っても、無駄に時間を消費するだけだ。しかし、悔しいが、ここから先どうすれば犯人に辿り着けるのかわからなかった。どんなに決意したところで、自分だけではたいしたことはできない。自分の頭の悪さが、こういうときは恨めしい。そして、この期に及んで雨の力を借りることに躊躇する、自分のくだらないプライドが恨めしい。助けを求めればすぐに応じてくれることはわかっているが、だからこそ安易に助けを求めるべきではない、などと考えてしまう。

前に紅香が言っていた。

天才ってのは、何でもできる奴のことをいうんじゃない。自分にできることとできないことを正しく理解してる奴のことを、天才というんだ。だから天才は、自分にできないことを悔やんだりしないし、無力感を嘆いたりもしない。そんなのは凡人のやることさ。

なるほど、自分は凡人だとジュウは思う。

それは今さら変えようもないことだけれど、せめて足掻いてみよう。

マンションの近くまで来たジュウは、そこで雨に話を切り出すことにした。

「ちょっと話があるんだが、今日は暇か？」

「もちろんです」

あっさり頷く雨を見て、ジュウは少し苦笑し、さてどこから話そうかと考えたところで、マンションの入り口の方が騒がしいことに気づいた。救急車が停まっており、玄関ロビーの辺りに人だかりができているのが見える。

何かあったのか？

まさか、また猫でも……。

ジュウは急いで向かい、雨もそれに続く。

玄関ロビーに入ると、学生や主婦、それに老人など、マンションの住人たちが郵便ポストのところに集まっていた。救急隊員が担架で誰かを運んで行く。数は二つ。ジュウがそちらへ近づこうとすると、サンダル履きの初老の男が駆け寄ってきた。

マンションの管理人だ。

「大変だよ、柔沢さん！」

見る者に強烈な印象を残す紅香のお陰で、その息子であるジュウのことも、管理人はよく覚えていてくれた。わりと好意的なのも、紅香のお陰なのだろうか。

「何があったんですか？」

「ついさっきのことなんだけどね……」

管理人の説明を聞きながら住人たちの集まる郵便ポストのところに行くと、焦げ臭い匂いが漂ってきた。原因は一目瞭然。ポストのある辺りが丸焦げになっていたのだ。最も黒く焦げ、被害が大きいのは柔沢家のポスト。まるで内部で何かが爆発したかのように蓋は変形して吹き飛び、かろうじて一部が蝶番で繋がっている状態だった。

異常を最初に発見したのは、子供連れの主婦。子供を幼稚園に迎えに行った帰りにポストを覗こうとしたところ、いきなり柔沢家のポストから出火したらしい。火の勢いは凄まじく、あっという間に燃え広がり、近くにいた主婦と子供に火傷を負わせた。火はすぐに管理人が消火器で消したが、火傷はかなりの重傷らしく、救急車を呼んだのだ。警察にも連絡したそうだが、来るのはもっと後だろう。犯罪が多発する現代社会。通報から現場までの到着時間は、年々遅くなる傾向にある。

「爆発音はありましたか？」

ジュウの側で話を聞いていた雨が、管理人に尋ねた。

「いや、そういう音は聞かなかったらしいよ」

「なるほど」

雨は郵便ポストに近づき、中を覗く。郵便物は全て燃え尽きており、消化液が残っているだけだったが、焦げついた中身を指で触りながら言った。

「これは、発火装置によるものですね。時限式かリモコン式かは微妙なところですが、構造自体はそれほど複雑なものではありません。特別な技術もいりませんし、ネットや本で入手できる知識でも十分に可能な範囲です。見たところ、火力はかなりのもの。これなら、上手くすれば家一軒くらいは燃やせるでしょう」

雨は、微かに残っていた溶けたプラスチックの塊や、小さな金属片を摘み上げて見せてくれたが、ジュウにはただのゴミにしか見えなかった。

香里は言っていた。部室で不審火騒ぎがあったと。こういう手口か。

幸せ潰しは、確実にエスカレートしている。

この勢いなら、そのうち誰か死んでもおかしくはない。

「ポストの修理費は、後で請求書をください」

管理人にそう言い置くと、ジュウは雨を伴い、突き刺さる住人たちの視線から逃れるようにマンションを出た。火は、柔沢家のポストを中心にして燃え広がっているのだから、いい迷惑だと思われても反論できないところだ。しかも、主婦と幼稚園児が火傷を負っている。

「ジュウ様、あれは……」

「おまえの想像どおりだ」

雨を正面に見据えて、ジュウは言う。

「俺は、幸せ潰しを潰したい。おまえ、力を貸せるか？」

堕花雨が、それを断るはずもなかった。

ジュウが堕花家の門を潜るのはこれで三回目だ。面倒なことがある度にここを訪れているような気がする。それ以外の理由、例えば純粋に友人として遊びに来るということが、これから先もあるのかどうか。

　雨の母親は、玄関に現れたジュウを見ると、まずはおっとりした笑顔を浮かべて挨拶した。

　そして、ジュウの金髪に目をやる。

「柔沢さん、その髪の毛……」

　やっぱりこの色はまずいかな、と心配するジュウをよそに、彼女はこう続けた。

「痛んだりしない？」

　染め方が気になるらしい。

「いえ、別にそういうことは……」

「うちに髪の毛にいいシャンプーがあるんだけど、柔沢さん、いらないかしら？」

「はあ……」

「それじゃあ、後で用意しておくわね」

「……ありがとうございます」

　雨の母親は、自然と丁寧に接したくなるような雰囲気の女性だ。

　ジュウの母親、あの苛烈な性格の紅香とは正反対かもしれない。

もしも二人が顔を合わせたらどうなるか、ジュウは想像しようとしたが、まったくその光景が浮かばなかった。そんな事態は絶対にない、ということなのだろう。

このおっとりした母親から、不可思議な雨や、明朗快活な光のような娘が生まれ、傍若無人な紅香から、自分のような軟弱者が生まれる。

遺伝というものには、少なからず神様のイタズラがあるのかもしれない。

二階に上がり、ジュウは雨の部屋に入った。以前に見たときと同じく、きちんと整理整頓された部屋で、あまり女の子らしいものはない。壁際の本棚には「人面犬ＶＳ口裂け女」やら「数式で解く人間関係」やら「近代呪術・中級編」やらの怪しい本、そして少女マンガなどがぎっしりと詰まっており、その隣の棚にはアニメばかりのＤＶＤソフトが並んでいた。

雨は座布団を用意してジュウに座るよう促し、窓を開けて部屋の空気を入れ換える。夕方の冷たい風が吹き込み、少しだけ寒かったが、今から話す内容を考えると頭が冴えていいのかもしれない。

ジュウはすぐに本題に入った。香里から聞いた話を交え、幸せ潰しが悪質の一途を辿っている現状を伝える。そして、自分も数々の被害を受けていることを話した。さっきのような現場を見られた以上、もはや隠すのは無理だ。

雨は一切口を挟まず、静かにジュウの話を聞いていた。

ジュウが被害を受けていたことを黙っていた点について何かしら不満もありそうなものだが、雨は何も言わない。彼女の基本的なスタンスは、ジュウの思考や行動の矯正ではなく、むしろフォローにあるのだろう。それが従者の正しい姿だと思っているのかもしれない。

　雨のそういう部分に安堵と後ろめたさを同時に感じつつ、ジュウは鞄から手紙を取り出した。今朝も机に入れられていた不幸の手紙。いつもはすぐに捨てるのだが、何かの手掛かりになるかと思い、今日は取っておいたのだ。文面はいつも通りで、またカミソリが同封されていた。

　嫌がらせの実例の一つとして、雨に見せる。

「これは酷い。出来が悪すぎますね」

「……えっ？」

　オカルト好きの雨としては、手紙の出来にかなりの不満があるらしい。

　幼稚な作品を見て嘆く、芸術家のような反応だった。

「きちんとした決まりがあるわけではないのですが、一応それらしい工夫はするものです。これには、それが見当たらない。文面はワンパターン。手書きの方が効果は大きいのに、これはプリンターによる印刷。髪の毛、虫、汚物などを同封せず、どこにでもあるカミソリの刃を使うという点も、手抜きとしか思えません」

　見本として、ジュウは雑誌に載っている不幸の手紙をいくつか雨に見せてもらったが、どれも読む気が失せるほどの迫力があった。それ自体が一種の怪奇現象のような手紙ばかりだ。

　もしこんなのを受け取ってたらすぐに雨に相談してたな、とジュウは思う。

「……たしかに、こういうのと比べたら出来が悪いか」

「怨念が感じられないのが致命的です」

「怨念？」

「憎い、呪ってやる、という執念のようなものが足りないのです。そのわりには何度も送りつけるという点が、どうも腑に落ちない。これは、この嫌がらせ全般に言えることですが、どれも作業的な匂いを感じます。まるで、ノルマでも課せられていて、それをただ作業としてこなしているかのようです」

　被害者の数の多さを考えれば、それはたしかに雨の言う通り、どことなく作業的なイメージがあった。犯人たちは「幸せそうな者」を狙い、せっせと嫌がらせをしている。

　陰湿なことを作業としてこなす犯人たち。

　思案するように、雨は顎に指を当てた。

「どうにもチグハグなのです。犯人が未だ捕まってないということは、犯人グループにはそれなりに頭の切れる者がいるという証拠なのですが、その者はこれを続けることで何を得るつもりなのか。それがハッキリしません」

「えーと、待てよ、こういうのはたしか……」

　えぐり魔事件の際に読んだミステリー小説に、少し似たような話があった気がしたので、ジュウはそれを口にしてみた。

「本当の標的は一人で、それ以外の嫌がらせは全部カモフラージュってことはないか？」

「違うと思います」

「何で？」

「それにしては、無駄な嫌がらせが多すぎます。カモフラージュという規模ではありません」

やっぱ俺程度の頭じゃ限界か、と自己嫌悪に陥りつつ、ジュウは言う。

「……とにかく、これをやってる連中を何とかしたいんだ。このままだと、もっとヤバイ状況になるかもしれないしな」

「いえ、これ以上の悪化はまずないと思います」

「何で？」

「ジュウ様は以前、犯人たちを放っておけとおっしゃいましたが、その判断は間違いでもありません。犯罪というものは、続ければ続けるほど犯人側のリスクが増えます。捕まる可能性が高まる。証拠の隠滅や秘密の徹底、そして計画の立案が複雑になる。特にこの幸せ潰しは、多数の人間が関わっているものです。秘密とは、それに関わる人数が多ければ多いほど漏れやすいもの。今は何とか上手くやっているようですが、近いうちに崩壊するでしょう」

「それを待ってるわけにはいかないだろ」

「はい。ジュウ様に敵対した報いは、与えねばなりませんね」

雨は少しだけ嬉しそうだった。それは、ジュウのために働けるという喜びか。

「今なら、向こうにも隙はあります。警戒される前に終わらせましょう」

「でも、手掛かりがないぞ」

「そうですね。罠を張っても良いのですが、時間が惜しいですし……」

冷静に思考を働かせる雨を真似るように、ジュウも考えてみた。

犯人連中の目的は？

被害者からたくさんの恨みを買って、それでどうしようというのか？

他人を不幸に貶めることに、どんな利益があるのか？

その労力に比べ、得られるものがあまりにも曖昧で不明確だ。

集団で共有できて、なおかつ続けることに意義があるものは何か？

恨み、妬み、あるいはお金。

どうにもわからない。

頭悪いな、俺……。

ジュウがまた自己嫌悪に陥りそうになっていると、扉をノックする音が聞こえた。

「お姉ちゃん、入ってもいい？」

「どうぞ」

「お邪魔しまーす」

お茶を載せたお盆を手に持ち、部屋に入ってきたのは光だった。不自然なほど明るい笑みを浮かべながら、光は二人の間にお盆を置き、それぞれにお茶を渡す。

「いらっしゃいませ、柔沢先輩」

「おう」

「どうぞ、ごゆっくりしていってくださいね」

光は、雨には顔が見えない角度に首を動かすと、「あんた何しに来たのよ?」という表情でジュウを睨みつけた。

いつも通りの彼女の反応に、ジュウは笑みを返す。

「じゃ、お言葉に甘えさせてもらうよ」

「わあ、うれしいなあ」

光は棒読みでそう言い、二人にペコリと頭を下げてから、部屋を出て行った。

扉が閉まると、雨がジュウに謝罪する。

「申し訳ありません。最近、光ちゃんは少し様子が変なのです。学校で何かあったようなのですが、事情を話してくれません。昔は何でも打ち明けてくれたのですけど……」

雨は、少しだけ寂しそうだった。

「年頃の女の子とは、難しいものですね」

おまえも年頃の女の子だろ、とジュウは思ったが、雨は昔から今のようだったのかもしれない。雪姫や円もそうだが、彼女たちはみんな完成している。足りない部分がない。いや、もしかしたらあるのかもしれないが、それを含めて完成しているように見える。

それにしても、あいつ、やっぱり雨に相談してないんだな……。

そんなことを思いながらジュウは光の持ってきたお茶を一口飲み、その冷たさに閉口した。どうやらジュウの分だけ氷水でお茶を淹れたらしい。ささやかな反撃か。キスの件を、まだ怒っているのだろう。

……そうか、あれがあった。

ジュウは雨にトイレを借りると告げ、部屋を出る。光を捜す手間は省けた。雨の部屋のすぐ側で、彼女は壁に背を預けて立っていたのだ。

いつもの反抗的な表情で、

「ちょっと来なさい」

と言い、光はジュウの返事を聞かずに廊下を歩き出す。ジュウはそれに続き、雨の部屋から十分に離れたところで、光は振り向いた。そしてジュウの胸倉を掴み、壁に押しつける。

「あんた！　お姉ちゃんにあのこと言ったんじゃないでしょうね！」

「言ってない」

「ホントに？」

「ああ」

それを聞いてようやく安心したのか、光は手を放した。

しかしまだ警戒は解かずに、ジュウを睨む。

「……あとさ、あんまり、あたしに気安くしないでよね。この前のは、違うんだからね。あれは、あたしがちょっと弱ってたから、一時の気の迷いで、何となくそんなふうになっちゃっただけで、全然本心とは関係のない、夢や幻の一種なのよ。だから、忘れて」

「わかった」

よほど泣き顔を見られたのが悔しかったんだな、と判断し、ジュウは頷いた。

あっさりした反応に、光は一瞬だけ傷ついた顔をしたが、それには気づかず、ジュウはさっき思いついたことを口にする。

「あの画像、まだ持ってるか？」

「画像？」

「痴漢のやつ」

「ああ、あれ……」

訝しみながらも携帯電話を取り出し、光は痴漢疑惑のときの画像を見せた。ジュウはアドレスを教え、そのデータを自分の方へと送ってもらう。これで何か摑めるはずだ。

「それ何に使うの？」

自分が嫌がらせの標的にされていることなど、光は知らない方がいいだろう。

ジュウは詳しい事情を話さず、ただ「反撃に使う」とだけ答えた。

「……何でもいいけど、あんまりお姉ちゃんを面倒なことに巻き込まないでよ」

それは約束できないな、と思いながらジュウは手を振り、光と別れて部屋に戻る。

ジュウを痴漢呼ばわりした少女たちの顔がしっかりと写った画像は、有力な手掛かりだ。あの痴漢疑惑は幸せ潰しの一つである可能性が濃厚。ならば、あれは自作自演。あの少女たちは犯人の一味だろう。

画像を見せながらジュウがそう説明すると、雨は頷いた。

「なるほど。これはたしかに有力な手掛かりになりますね。犯人の一味ではなくとも、何かしら知っているかもしれません」

「だろ?」

「しかしこの画像、どこで手に入れたのですか?」

「……あー、まあ、秘密だ」

「秘密、ですか」

　雨は不思議そうにしていたが、それ以上は詮索しなかった。ジュウが拒めば、彼女はそれ以上深く立ち入ろうとはしないのだ。適度な距離感を、彼女は崩さない。

　それでいいとジュウは思う。

　柔沢ジュウという人間を深く知られたら、きっと幻滅されてしまうだろうから。

　話をまとめるように、雨は言った。

「犯人グループは、最低でも二十人以上。全員が十代の人間でしょう」

「大人が交じってる可能性は?」

「そこまで暇な大人はいない、と思います」

　なるほど、とジュウも納得。

　相手が集団であるなら、自分と雨だけでは厳しいかもしれない。その全員と格闘するはめになるとは限らないが、ある程度の危険は予想しておくべきだろう。

　相手を甘く見て痛い目に遭うのは、今までに経験済みだ。

　雪姫と円にも声をかけてみるか、とジュウが考えたところで、またしても扉をノックされた。

「ちょっといいかしら？」

上品で涼しげな声。雨の母親だ。

「どうぞ」

「お話し中、ごめんなさいね」

部屋に入ってきた彼女は、エプロン姿だった。

「今日は、お父さんが出張でいなくて寂しいのよ。柔沢さん、お夕飯を御一緒しません？」

その提案を、ジュウはさすがに辞退した。

堕花家の空気は嫌いではない。

でも、他人の家の温かさなど、あまり知るものではないと思う。

手に入らないものは、見ない方がいいのだ。


ジュウは早朝七時に目を覚ました。日曜日はたいてい昼前まで寝ているのだが、今日はそうもいかない。よく眠れたので、気分は悪くなかった。予定は一昨日（おととい）のうちに決め、今日から行動開始。昼前に雨と雪姫、そして円と会う約束をしており、一気に犯人に迫るつもりなのだが、さてどうなるか。

ジュウはシャワーを浴びてさっぱりすると、台所へ行く。大きめのボウルを用意し、それに卵と牛乳と砂糖を加えてかき混ぜた。食パンを包丁で四分割し、ボウルの中に入れる。よく浸してから、油を引いたフライパンの上に並べて置き、火加減に注意しながら焼いた。箸を持たない方の手でリモコンを操作し、テレビをつけて天気予報を見る。今日は一日快晴らしい。ニュースは陰鬱になるのでパス。チャンネルをバラエティ番組に変えた。女の子を対象にした占いやおまじないの特集。幸せになるためなら、女の子たちは髪形を変え、服を変え、食べ物を変え、アイテムを身につけ、呪文を唱える。そうした苦労を、苦労とは感じないらしい。ジュウにはよくわからない感覚だった。

ジュウは焼き上がったフレンチトーストを皿に盛りつけると、それとフォークを持ってダイニングテーブルに移動。アイドル歌手の婚約記者会見を見ながら食べようとしたところで、チャイムが鳴った。

時計を見ると、時刻は七時半。

誰だ？

玄関に行き、覗き穴で外を確認すると、そこには友人である少女が立っていた。ジュウは鍵を開け、彼女を中に招き入れる。

「ちぃーすっ」

眠そうに目を擦りながら入ってきたのは、雪姫。

「おまえ、待ち合わせの場所聞いてないのか？　時間も違うし……」

昨日、雪姫に連絡を取ったところ、留守電になっていたので、ジュウは今日のことを吹き込んでおいたのだ。

「うん、聞いたよ。でも柔沢くんち、電話繋がらないから困ってさ。直接来たわけ」

「あ……」

電話線は、無言電話対策で夜は抜いたままになっていた。今朝もまだ、そのままだ。

「悪かったな」

「別にいいけどね」

雪姫はだるそうに欠伸を漏らし、また目を擦る。声のトーンも、いつもより若干低目。

体調が悪いのかと思ったが、ただの寝不足らしい。

「実は、徹夜明けなの」

「徹夜？」

「昨日買ったゲームが難しくってさ。どーしても攻略できない男の子がいて、そんで徹夜」

柔沢家にゲーム機はない。紅香がそういうものをあまり好まず、その点に関してはジュウも同意見だからだ。理由は何だろう。テレビに向かってコントローラーをガチャガチャやる姿が客観的に見るとバカみたいだ、と思ったからかもしれない。

「その男の子、ひねくれてて、無茶する子で、でもちょっと可愛くて、そこが母性本能くすぐるってやつ？　いろいろトライしてみて、さっきようやくクリアしたとこ。ラストのCGも良かったし、ED曲も泣けるし、満足満足」

電話が留守電になっていたのは、ゲームを邪魔されたくないからということだった。たかがゲームにそこまで熱中できる彼女が、ジュウは少しだけ羨ましくもある。

「何のゲームなんだ、それ？」

「恋愛シミュレーション。貸してあげようか？」

「いい」

ジュウには理解できないジャンルだ。

「そんじゃ、お邪魔しまーす」

雪姫はさっさと靴を脱ぎ、玄関から上がる。そのままスタスタと奥に進み、ダイニングテーブルの椅子に腰かけた。初めて来たくせに横柄な態度だな、と思いながらも、ジュウは何か飲み物くらい出してやることにする。

ジュウが冷蔵庫の中を漁っていると、ダイニングテーブルの方から雪姫の声。

「ねえ、柔沢くーん」

「何だ？」

「シロップちょうだい」

「は？」

もしやと思ってそちらを見ると、雪姫はフォークを片手に食事の態勢になっていた。

「それ、俺の朝飯だぞ！」

「シロップちょうだい、シロップ」

フォークでテーブルを突つきながら、足をバタバタさせる雪姫。彼女の食欲は睡眠欲に勝るのか、いつものテンションに近い。

しょうがねえな……。

ジュウは食器棚を開けてメープルシロップの容器を取り出すと、それをテーブルの上に置いた。雪姫は嬉々として容器を手に取り、フレンチトーストにメープルシロップをかける。これでもか、というほど大量にかけていた。

そして再びフォークを手に持ち、

「いただきまーす」

と食べ始めた。

もう食パンは残ってないので、ジュウはカップ麺を用意し、お湯を沸かすことにする。

それを見て、雪姫はフレンチトーストを頰張りながら言う。

「そんなのばっか食べてると、体に悪いよ」

「おまえのせいだろ」

「うん、そうだね」

ニコニコしながらフレンチトーストを味わっている雪姫を見ていると、ジュウは怒る気も失せ、取り敢えず自分の朝食は後回しにして、椅子に腰かけた。

「で、何か聞きたいことがあったのか？」

「えっ？　何が？」

一度に二つのことができないのか、雪姫はフォークを銜えながら首を傾げる。

口の周りはシロップで少し汚れていた。まるで子供だ。

ジュウはティッシュを一枚取って渡し、ため息をつきながら言った。

「俺に連絡取りたかったんだろ？」

「あ、それね」

ティッシュで口の周りを拭くと、雪姫はあっさり告げる。

「パス」

「何が？」

「だから、今回の件、あたしはパス」

それだけ言って、雪姫は食事を再開した。

こいつまだ寝惚けてるのか、と思いながらジュウは訊く。

「おまえ、ちゃんと内容を……」

「聞いた聞いた。例の幸せ潰しでしょ？　それを潰すってやつ」

「そうだ」

「あたしはパス。てゆーか、柔沢くんさ、この件には関わらないって前に言ってたじゃん？

それがどうして変わったの？」

「それは……」

いくつもの理由が重なった末の結論ではあるが、一番のきっかけは光の件だろう。

ジュウは少し迷い、だが本音を明かさずに雪姫を動かすのは無理だと悟り、結局は話すことにした。

話を聞いた雪姫は、少し驚いた様子だった。

「へえ、光ちゃんが伊吹を……。まあ昔から、結構ミーハーなとこあったもんね。伊吹って、背が高いし、イケメンだし、頭もいいし、ケンカも強いし、女の子には優しい奴だから、無理もないかな」

「おまけに家も金持ちなんだろ？」

「そうらしいね。うちのクラスでも、すっごく人気あるよ」

「おまえも、ああいうのが好みか？」

「あたしが？」

それはよほど意外な質問だったのか、雪姫は目を丸くしていた。

「たかが背が高くて、たかがイケメンで、たかが頭が良くて、たかがケンカが強くて、たかが金持ちで、たかが優しい程度の男を、このあたしが、いちいち気にすると思う？」

「たかがって……。頭が良かったり優しかったりするのは、すごい取り柄だろ」

聞いた限り、伊吹はほとんど完璧な奴じゃないか、とジュウは思うのだが、雪姫の見解は違うらしい。

「取り柄なんか、いらないんじゃないかな」

「何で？」

「どんな取り柄があるのかってのと、その人を好きになるのは、別でしょ」

「……そうなのか？」

「んー、言葉だと説明しにくいんだけど……。例えばさ、柔沢くんがこのあたしに惚れてるとするよ？　そんで、あたしの可愛い声や綺麗な髪の毛が好きーって思ってたとする。でも、あるとき突然に事故が起きて、あたしの喉は潰れて、髪の毛は燃えてなくなってしまいました。すると、柔沢くんにとってあたしはもう魅力なしのクズ？」

「そんなわけないだろ」

ジュウは真顔だった。

「ありがとう」

雪姫は嬉しそうに微笑む。

「恋愛ってのはさ、相手の中に『何か』を見つけることじゃない？　背が高いとか顔がハンサムとか頭がいいとかケンカが強いとかお金持ちとか性格が優しいとか、そういうことじゃないと思う。そんなどうでもいいことじゃないと思う。もっと別の、言葉では言えない『何か』があるかどうかなの。逆に言えば、言葉で言えるような部分は、本当はどうでもいいことなんだよ。とにかく、それさえあれば他の全てがなくてもいいの、きっと」

「何かって……相性か？」

「そうじゃなくて、んー、なんつったらいいかな……って言葉では説明できないんだけど、無理に説明するなら、心が震える感じ？　その人が存在してることが、自分の心を震わせてくれる。その人が生きてることが、もう最高に幸せーっ……みたいな感じ、じゃないかなあ」

わかるような、わからないような話だった。

女の方が、男よりも恋愛を深く捉えているということなのかもしれない。

雪姫の言う「何か」を光は伊吹に感じているのだろうか、と少しだけ考えたが、まあジュウには関係のない話だ。

本題に戻ることにする。

「で、こっちは全部話したんだから、もういいだろ?」

「うん、やっぱりあたしはパス。今回は不参加でお願いします」

こいつは……。

言いたいことだけ言って、それで終えるつもりか。

ジュウの睨みを涼しい顔で受け流し、雪姫はフレンチトーストを食べていた。

仕方なく、ジュウは念のために用意しておいたカッターナイフをポケットから取り出す。

「雪姫」

「なーに?」

ジュウはカッターナイフを雪姫に渡した。

彼女はそれを握るとすぐに刃を押し出し、冷めた眼差しで再度訊く。

「何だ?」

「人手が欲しい。協力してくれ」

真面目な話をするならこっちの雪姫の方がいいだろう、というジュウの判断は、しかし間違っていた。

雪姫は、静かに首を横に振る。

「断る」

「……おまえ、光の友達なんだろ？」

「そうだ」

「だったら……」

「今回の件は、彼女個人の問題だと思うね」

冷たく突き放す雪姫。

ジュウは、目の前に見えない壁が出現するのを感じた。感情の伝達を阻む壁。

カッターナイフを指先で回しながら、雪姫は言う。

「君は、何か勘違いしているな。この際だから、ハッキリ言っておこう。本来、あたしはそういうことがあまり好きじゃないんだ」

「そういうこと？」

「人助け」

「で、でも、おまえ、この前は……」

「あれは、君の行動が面白そうだったから手伝ったまで。別に、えぐり魔には何の興味もなかったよ。もちろん、その被害者にもな」

ジュウは今になって、やっと理解した。この斬島雪姫という少女の本質を。

この子は、快楽主義なのだ。楽しいこと、面白いこと、興味があることには首を突っ込み、力を尽くす。そういうことにしか、力を尽くさない。人助けは娯楽ではない。それは楽しくも面白くもない。だから動かない。

彼女はジュウのように曖昧ではなく、そこに揺らぎや迷いは感じられなかった。

「あたしは余計な気を遣わない、余計な気を回さない、余計な世話を焼かない。なぜなら、それは余計なことだからだ」

「……余計なこと？」

ジュウの声が低くなり、雪姫と睨み合う形になる。

「光は、あいつは、泣いてたぞ」

「涙くらい、あたしも出る。人間はそういうふうにできてる。驚くことじゃない」

「おまえ……」

「だいたい、彼女から助けを求められたわけでもないんだろ？」

「それでも助けてやるのが友達じゃないのか？」

「変な持論を押しつけるな」

ジュウはテーブルの上に手をつき、雪姫との距離を詰めた。彼女も退かない。二人はお互いの息が届く距離で、視線を合わせたまま話を続ける。

「見ろ、柔沢」

雪姫は皿を横にどかすと、カッターナイフの刃を自分の指先に押し当てた。鋭い刃がプッリと皮膚を突き破り、赤黒い血の玉が指先に現れる。

ジュウに見せつけるようにしながら、雪姫は傷口に刃を食いこませた。

「痛いか？」

傷口を広げながら、雪姫は冷淡な口調で問う。

「痛いか、柔沢？　君はこの痛みを感じるか？」

テーブルの上に血の雫が垂れ落ち、そこに小さな血溜まりが生まれていた。

「感じないだろ？　この痛みは、あたしのものだ。君のものではないし、君が共感するものでも同情するものでもない。その必要もない。他人の痛みに同情は不要、共感は幻想、ましてや理解など論外、そういうものだ。わかるか、あたしの言ってる意味が？」

「だから、無視しろってのか？」

「そうだ。君が理解した気になってる光の悲しみとやらは、君の妄想に過ぎない。その他の被害者に対する感情も同様。そんなもののために、誰が協力しようと思うものか。くだらない労力だ」

「おまえの方こそくだらねえよ、バカ野郎」

睨み合ったまま、二人は動かない。瞬きすらしない。

腹の底から込み上げてくる感情を、ジュウは雪姫にぶつけた。

「おまえは、俺なんかよりもずっと頭の切れる女だろ！　力もあるだろ！　そんなおまえが、頭も力も揃ったおまえのような奴が、くだらねえことゴチャゴチャ言うな！　斬島雪姫は、もっとカッコイイ女だと思ってたぞ！　ガッカリさせんじゃねえよ！」

雪姫は数秒間、ジュウの目を見つめていたが、やがて呟く。

「……可愛いことを言う」

まるでジュウの怒声が彼女に感情を吹き込んだかのように、口元が僅かに緩んでいた。

「君、殺し文句だぞ、今のは」

「本音を言ったまでだ」

「やれやれ……」

雪姫は、何とも言えない複雑な表情を浮かべる。

「君は、こういうことはもう懲りたのかと思っていたよ」

夏休み前の事件や、その後のえぐり魔。

ジュウには何もできなかったこと。どうにもならなかったこと。

嫌な記憶だ。でも。

「……何もやらなければ良かった、と思ったことはない。それだけは、ない」

「そうか」

観念したように肩をすくめ、雪姫は言う。

「まあ、良かろう。犯人にはまったく興味はないが、君には興味がある。犯人は放っておけばいいが、君は放っておけない。ならば、一緒に行くしかないいな」

た。

雪姫がカッターナイフの刃を収めると、張り詰めていた空気が霧散し、見えない壁も消え

テーブルの上にだらしなく突っ伏しながら、雪姫は言う。

「あー、やっぱ現実はゲームより難しいよー」

「何の話だ?」

「君は、ゲームなんかより面白いってこと」

「……よくわからんが、それよりもその指、見せてみろ」

ジュウは席を立ち、棚から薬箱を持って来ると、雪姫の手を取った。指先の血を拭き取り、薬箱から出した消毒液を吹きつける。その様子を、雪姫はおとなしく見ていた。

傷口にバンソウコウを貼りながら、ジュウは言う。

「痛いからな」

「えっ?」

「おまえが傷つくの見たら、俺だって痛い」

「……何で?」

「言葉じゃ説明できねえよ」

自分で言いながら、なるほど、とジュウは納得した。

たしかに言葉で説明できない感情はあるもんだな、と。

「ふーん」

自分の指先に巻かれたバンソウコウを、雪姫は不思議そうに眺めていた。

まさかそんなことを誰かに言われるとは思わなかった、とでもいうように。

雪姫は残りのフレンチトーストをパクパクッと口に放り入れて食べ終えると、再びテーブルに突っ伏した。片頰をテーブルに付け、目を閉じながら言う。

「おやすみなさい」

「寝るな」

「だって眠い」

「眠いからって寝るな」

「眠くなかったら寝ないよ」

「おまえ、ガキじゃねえんだから、食べてすぐ寝るなんて……」

もはや何を言おうと無駄なことに、ジュウは気づいた。

聞こえるのは静かな寝息。雪姫は、恐ろしく寝つきがいいらしい。

何て厚かましい女だ……。

ジュウは雪姫の頰を指で突いたが、あまりにも柔らかいので手を引っ込めた。

女は、どうしてこんなに柔らかいのだろう。

しかも寝顔は天使だ。可愛い。本人には絶対に言ってやらないが、そこはジュウも認める。

娘を持った父親の気分を、少し想像してみた。

わがままで賢くて元気な娘の父親に、いつかなったとしたら。

そんな未来はどうか。あり得ない、とすぐに否定する。

多分、自分は一人で死ぬ。一人ぼっちでいつか死ぬ。でもそのときに、少しでも楽しい記憶があれば、自分はいくらか救われるかもしれない。幸せだったと、悪くない人生だったと、そう錯覚して死んでいけるかもしれない。今は、そのための記憶を蓄積する時期なのだ。

ジュウは押入れから毛布を出し、雪姫の肩にかけると、電気を消す。

そして自分の部屋に戻った。


「この子、知ってるわ」

待ち合わせの場所であるコーヒースタンドに、ジュウたちは集まっていた。雨が簡単な説明をし、手掛かりとして携帯電話の画像を雪姫と円に見せると、円がそれに反応する。三人の少女のうちの一人に、見覚えがあるらしい。

「たしか、前に一度、部に来たことがある子よ。冷やかしだったけど。雪姫も覚えてるんじゃない？」

円が画像を向けると、熱いココアをフーフーしながら飲んでいた雪姫は、「えー、どれ？」と顔を近づける。眠気は解消したので、機嫌は良さそうだった。

「あー、いたいた。ケンカ売られたから、ちっとだけ覚えてる」

円が主将を務める女子空手部に体験入部した子で、最初からまるでやる気が見られず、終始ダラダラして態度が悪かったらしい。無料で護身術が学べるなんてラッキーだと思っていたら、円の指導は意外と本格的で、嫌気が差したのだろう。

「なんか円堂先輩の教え方ってうざーいとか言ってたから、うざいのはおめーだよって言ってやったの。そしたらこっちにツカツカやって来て、何よその白いリボン、ぶりっ子してんじゃねーよ、とか言われた」

「で、おまえは?」

「ほっぺにチューしてあげたよ」

それで相手は逃げ出したらしい。

「とにかく、おまえらと同じ学校なんだな?」

それなら話は早い。

円が部の後輩に電話すると、体験入部の際に記された名簿から、少女の名前が梶山晴美であると判明。そこから電話番号もわかり、さっそく雨が電話した。

「わたくし、晴美さんの学校の友人で、山田と申します。晴美さんは御在宅でしょうか?」

目を閉じて聞けば、完璧な令嬢の姿が思い浮かぶ上品な口調。梶山晴美は不在だったが、母親に微塵も不信感を抱かせることなく、雨は彼女の携帯電話の番号を聞き出した。

その番号に今度は雪姫が電話し、梶山晴美に繋がると、

「あ、晴美ちゃん元気ーっ? あたし、雪姫。ほら、白いリボンの可愛い子、覚えてるでし

ょ？　忘れた？　えーん、思い出してよ。ねえねえ、今日暇だからさ、一緒に遊ばない？　いよいいよ、あたしが奢っちゃう。どーんときなさい。で、今どこにいんの？」

目を閉じるまでもなく、遊び慣れた軽薄な少女の口調。梶山晴美はあまり警戒してない様子だ。たいして面識のない相手とも遊べてしまうのは、今時の風潮というやつか。雪姫は、苦もなく彼女の居所を聞き出す。渋谷にあるＣＤショップだった。

「では、そこに向かいましょう。ジュウ様、よろしいですか？」

承諾を求めてくる雨に、ジュウはただ頷く。

なんという手際の良さだろう。

ひょっとして、俺は何の役にも立ってないんじゃないか。

思わずそう口に出してしまったジュウに、雨は「とんでもありません」とそれを否定した。

「ジュウ様が目的を示したから、我々はこうして動けるのです。それをお忘れなく」

感情は目的を示し、論理は方法を示すという。

目的しかないジュウに、雨はいつも方法を教えてくれる。

しかし、自分が示した目的は、はたして正しいのか。

一瞬だけそれを疑いそうになったが、ジュウはすぐにやめた。

いつまでもウジウジ悩む息子に、昔、母は言ったものだ。

誰もおまえなんか信じちゃいない。だから、せめて、おまえは自分を信じていろ。

その通りだと思う。当たり前のことだ。そうと知りながらあえて紅香がジュウに言ったのは、それが一番難しいことも知っていたからだろうか。

犯人の一味と思われる梶山晴美をどう白状させるか、ジュウたちはいろいろ考えていたが、結果は拍子抜けするようなものだった。ジュウを見た梶山晴美は顔色を変え、逃げようとするも雨たちに退路を塞がれると、すぐに観念して全てを白状したのだ。やはり、あの痴漢疑惑は自作自演。ジュウを陥れようと、彼女たちが仕組んだもの。彼女たちはたまにそうしてサラリーマンを陥れることで、和解金という名の小遣いを手に入れたり、ストレスを解消したりしていたらしい。だが、ジュウを狙うことに決めたのは自分じゃない、と梶山晴美は言う。ジュウが本気で睨んでもそれを変えないところからして、どうも本当のようだった。

「わたしじゃない！　言い出しっぺは、あいつだよ！」

あのときの三人のうちの一人、ジュウにお尻を触られたと主張した広瀬奈緒という少女が、ジュウを狙おうと言い出した張本人であるらしい。

ジュウが復讐に来たと思い、怯える梶山晴美に、ジュウは許してやる代わりに広瀬奈緒の電話番号や居場所を教えるように言うと、彼女は素直に答えた。だが試しにかけてみると、電話は繋がらない。梶山晴美が泣きそうな顔で弁明するには、彼氏と部屋で会うとき、広瀬奈緒は邪魔されないようにいつも携帯電話を切っているという。

「ありがとー」

雪姫が感謝のチューを梶山晴美に贈り、ジュウたちは広瀬奈緒の居場所へと移動開始。

事態が動き始めたことを、ジュウは感じていた。

おそらくは、終息へ向かって。


都心から少し離れたところにあるマンションまで、ジュウたちはバスで移動した。

見上げるマンションは十二階建て。広瀬奈緒は一人暮らしで、ここの五階に住んでいるらしい。マンションの入り口はオートロック式だったが、いいタイミングで現れたピザ屋の出前と一緒に中へ入る。玄関ロビーの天井にはいくつも防犯カメラが設置され、常駐する警備員が目を光らせていた。ジュウ一人なら呼び止められたかもしれないが、雨たちがいることでどうにか見過ごされ、エレベーターで五階へ。廊下にずらりと並んだ部屋のドアを見渡し、目的の部屋はすぐに見つかったのだが、そこで問題が持ちあがった。

当然、ドアの鍵はかかっている。チャイムを押したところで、素直に開けるかわからない。廊下にも防犯カメラがあり、もし強引に押し入ろうとすれば警備員が飛んで来る可能性がある。ドアの覗き窓からジュウたちを見て不審に感じ、広瀬奈緒が電話で一報すれば、それだけでも警備員がやってくるかもしれない。

幸せ潰しの犯人がこの中にいるんです、という説明で警備員が納得するはずはないだろうし、もしそこから、さらに警察でも呼ばれたらいろいろと面倒だ。以前に、円は警察方面にコネがあるらしいことは聞いていたが、それを当てにするのも良くないだろうと考え、ジュウはドアの前でしばらく考えた。そうしている間にも、ジュウたちを怪訝そうに見ながら通りすぎて行く主婦などがいる。あまり悩んでいる暇はない。

なるべく穏便に、素早く部屋に入る方法はないか。

ジュウは三人の発想に期待した。

「あそこから非常階段に出られます。外から、窓を割って入ってはどうでしょう」

「頑丈なナイフちょうだい。それで鍵をぶっ壊すから」

「ドアをしばらく蹴ってれば、向こうから開けるでしょ」

三つとも全然穏便な方法ではなかった。

「……なんか、もっと普通の方法はないのか？」

「忘れていました」

雨はポンと手の平を打ち、ポケットから薄い工具セットのようなものを取り出した。中には金属製の耳掻き棒に似たものが何本か並んでおり、雨は自信満々に言う。

「わたしにお任せください。これで……」

「ピッキングもダメだ」

「……そうですか」

ジュウに腕前を見て欲しかったのか、雨は少し残念そうに工具をしまった。

ピッキングなどしたら、防犯カメラを見た警備員が来るに決まっている。見られても問題のない方法で開ける必要があるのだ。

悩むジュウの肩を、雪姫がちょんちょんと指で突ついた。

「何だよ?」

「あの画像、もう一回見せて」

ジュウが広瀬奈緒たちが写っている画像を見せると、雪姫は一言。

「んー、勝った」

「何が?」

「いいこと思いついたから、あたしと雨でやってみる」

ジュウと円には少し離れているように言い、雪姫は雨に何やら耳打ちする。

雨は少し渋っているようだったが、

「柔沢くんのためだよ」

と言われると、やがて承諾した。

あいつら何するつもりだ?

防犯カメラを気にしながら、離れた位置から二人を見守っていたジュウと円だが、すぐに唖然とすることになった。

雪姫は上着を脱ぎ、胸元のボタンを外し始めたのだ。

「お、おい！」

しーっ、と人差し指を唇の前で立て、ジュウに静観しているよう求める雪姫。

「……あ、なんとなくわかった」

複雑な面持ちで、円は息を吐く。

そうしている間にも雪姫の手は止まらず、彼女の胸元は僅かに下着が見えるところまで開かれていた。少し考えてから、雪姫は見える角度を気にするように、一つだけボタンを戻す。そして雨も、やはり上着を脱ぎ、雪姫と合わせるようにして素肌が見えるよう調節。仕上げに、雪姫は雨の前髪に手をやり、ちゃんと顔が見えるように整えた。

「よっしゃ！」

両手で頬を叩いてから、雪姫は雨と並んでドアの前に立つ。インターフォンを押すかと思いきや、雪姫は乱暴にドアを叩いた。

作戦開始。

「どちら様？」

インターフォンから、不機嫌そうな男の声が聞こえた。広瀬奈緒の恋人だろうか。乱暴にドアを叩けばきっと男の方が対応するはず、という雪姫の判断は正解。

雪姫は、甘えるような口調で言った。

「あ、あの、あたし、隣の隣の隣の部屋の者なんですけど。さっきから変な人が廊下と非常階段を行き来してて、すっごく怖くて……」

　不安そうに表情を曇らせ、雪姫は薄着を強調するように体を震わせる。ドアの覗き窓から見える角度を計算して、開かれた胸元からブラジャーが覗きやすいように少し俯き、ついでとばかりに瞳も潤ませた。

「警備員さん、今、ちょっといないみたいなんです。もしよろしければ、あの、あたしたちと一緒に見に行ってもらえませんか？」

　ほら出番だよ、と雪姫は隣にいる雨の背中を叩く。

「どうか、お願いします」

　雨は覗き窓を見つめながら、まるで神に祈る修道女のように胸の前で手を合わせた。

「わたしたちを助けてください」

　ここが教会なら、天から光が降ってきてもおかしくはないほどの敬虔な姿。気難しい神も、こんなふうに懇願されたらたちまち相好を崩し、彼女の願いを聞き入れることだろう。

　ジュウは呆れつつも感心してしまった。

　雪姫が「勝った」と言ったのは、広瀬奈緒より自分たちの方が可愛いということか。円が外されたのは、こういうことには向いてないからだろう。円堂円が、演技とはいえ男に媚びるわけがない。

　雪姫と雨、どちらが効果的だったのかは不明だが、作戦の成果はすぐに出た。

　ほどなくして、ドアが開いたのだ。

　スケベ心丸出しの顔でドアを開けたのは、体格のいい男だった。

「いいですよ！　どこですか、怪しい奴って！」

「ありがとうございます」

雪姫と雨は男を押しやるようにして部屋に入り、ジュウと円がその後から飛び込んだ。男が異常を察するより、円の蹴りの方が圧倒的に速かった。軽やかに右足が跳ね上がり、男の側頭部を打ち抜く。たった一発で意識を刈り取られた男は、声一つ出すこともなくその場に崩れ落ちた。なんて早技だ、と驚きながらも、ジュウは玄関の靴を確認。男物の靴が多数あり、奥にはまだ何人もいるようだった。

ジュウを先頭にして短い廊下を進み、奥の部屋に通じるガラス扉を開ける。そこには、床に座る男たちが六人。そして女が一人。彼女が広瀬奈緒だ。床には缶ビールやつまみなどが置かれ、七人はみんな赤ら顔。ジュウたちの突然の乱入にも、何が起きたのかわかってないようだった。

「て、てめえ、何でここに……！」

広瀬奈緒の腰に腕を回した一番体格のいい男が、ジュウを見て血相を変える。鼻に貼られた大きなバンソウコウ。ジュウが殴り倒した男子空手部の主将、鏑木だった。

何でこいつがここに、という疑問はジュウも同じだ。

「ちょうどいい！　この前のケリ、ここでつけてやる！」

酔いが回っていたのか、鏑木はいきなり立ち上がると同時にジュウに向かって来た。だがその前方に、小さな人影が割って入る。ジュウを守るのは雨の役割。

「邪魔だ！」

鏑木の怒声と拳が、雨に放たれた。雨と鏑木の身長差は、五十センチ以上。大人と子供の差。雨は、鏑木が振り下ろした拳をスルリとかわすと、その腕を掴み、全身で捻るようにして投げた。鏑木の巨体が宙に舞い、受け身を取ることもできずに床に激突。衝撃と痛みに身を震わせながら、鏑木は喉の奥で唸る。

「こ、このチビガキ、てめえは何だ……！」

「あなたの敵です」

「俺にこんなことして、タダで済むと思うなよ！」

「よろしい。恨みなさい」

雨は堂々と頷いた。

「あなたの憎しみ全て、このわたしが引き受けます」

栄光はジュウに、呪いは自分に。

ジュウに向けられていた鏑木の怨念を、雨は自分へと向けさせる。

「バカ言ってんじゃねえよ」

ジュウは鏑木の胸倉を掴むと、片手で持ち上げた。自分より小柄なジュウの予想外の腕力に、鏑木は声を失う。

「あんた、俺に恨みがあるんだろ？」

「あ、い、いや、それは……」

「やるか？　今ここで」

ジュウは意識して冷酷な人相を作り、声からも感情を消した。こういう脅しは一気にやらないと、後腐れが残るのだ。もう関わりたくないと思わせなければならない。ジュウが拳を振り上げて見せると、鏑木は小さな悲鳴を上げて目を閉じた。鼻を潰されたことを思い出したのだろう。それは決定的な敗者の姿。

残りの男たちによる反撃は、円が一瞥するだけで封じられた。彼らとしては大将である鏑木が敗れ、さらに円が現れた時点で、もはや降参するしかない状態だった。

赤ら顔の広瀬奈緒は、状況がわからずに、ただポカンと口を開けて見ていた。


「何で何で？　どーしてバレたのよ？　あり得なーい」

それが、ジュウたちから問い詰められた広瀬奈緒が最初に言った言葉。

まるで罪悪感の感じられない態度にジュウは苛立ったが、隣に雨がいるのでかろうじて堪えた。鏑木たちは、あれからすぐに部屋を出て行った。ジュウも詳細までは訊かなかったが、どうやら鏑木はジュウへの復讐を企んでいたようで、そのために後輩たちを集めて相談していたらしい。付き合ってる彼女の部屋でやるところがジュウにはよくわからない感覚だったが、広瀬奈緒はそれなりに美人であるし、後輩たちに彼女を見せびらかす意味もあったのかもしれない。そうした自己顕示欲の強さがあるのなら、部員たちの前でジュウに負けたのは耐えがたい屈辱だったはずで、復讐を企むのも当然か。だがその意思も、雨に軽々と投げ飛ばされ、さらにジュウの脅しに屈したことで折れた。もしまた何か企むようなことがあったとしても、当分は先だろう。一応後で釘を刺しておく、と円は言っていた。もちろんジュウのためにではなく、雨のためにだ。

「マジで、何でバレんのよ。幸福値が足りなかったってこと……？」

不満そうにブツブツと呟く広瀬奈緒。

何なんだこの反応は？

ジュウは呆れるしかない。

広瀬奈緒はまともに返事もしようとせず、それどころか、どうして自分が問い詰められなければならないのかも、本気で理解できてないようなのだ。

「……なるほど、幸福値ですか。理解しました」

ジュウの隣で雨が頷く。円は後ろの方で黙ってその様子を見つめ、雪姫は退屈そうに窓の外の景色を眺めていた。こういうことは雨の方が得意だと、わかっているのだろう。

「広瀬奈緒さん。あなたの犯行が発覚したのは、わたしの幸福値があなたの幸福値を上回っているからです」

雨の言葉に反応し、広瀬奈緒はそちらへ視線を向ける。

「どうやったの？　わたしたちより効率のいい方法なんて……」

「知りたいですか？」

「お、教えて！」

餌を前にした空腹の動物のように、広瀬奈緒は目を輝かせた。

雨は言った。知りたければ全てを話せと。

多少の迷いを見せたが、広瀬奈緒はそれを承諾。彼女が言うには、ジュウを狙ったのは自分の意思ではなく、指示に従っただけらしい。

「その指示を出したのは、誰ですか？」

「暗木さんよ」

「暗木？」

「わたしたち幸福クラブのリーダー、暗木さん」

広瀬奈緒が最初に幸福クラブの存在を知ったのは、友人からの噂話。興味を覚えた彼女が噂の出所を辿って行くと、クラブのメンバーだという人物が接触してきた。広瀬奈緒は参加の意思を伝えたが、それにはリーダーである暗木の許可が必要だと言われ、指定された場所で面接。その結果、広瀬奈緒の参加を許可した暗木は、こう言ったらしい。

「わたしは、あなたたちを幸せにする方法を知っている。だから、わたしに従いなさい」

幸福クラブとは、基本的に口コミで広まりながらメンバーを増やした組織。参加資格は「幸せに貪欲であること」。正確な人数は広瀬奈緒も知らないが、少なくとも二十人以上はいるらしい。全員が女。その活動内容は、他者への嫌がらせ。一連の嫌がらせは自分たち幸福クラブの活動であると、広瀬奈緒は認めた。

標的となる者の基準は雨の推理通り、「幸せそうな者」。基本的にはメンバーそれぞれが自由に活動するのだが、場合によっては集めた情報を元に会合で協議し、暗木が判断する場合もあるという。暗木には「幸福値」を見極める力があり、彼女の指示に従えばまず間違いはない。ジュウに対する罠も失敗はしたが、他に転用したので無駄にはならなかった、と広瀬奈緒はやや自慢げに語った。

話を聞いているうちに、ジュウは腹が立ってきた。

くだらない。

まったく、なんてくだらない連中だろう。

「いったい何なんだ、そのクラブってのは？　そんな嫌がらせをすることが、どうして自分の幸せに繋がる？」

おとなしく話していた広瀬奈緒だが、その部分になると急に口をつぐんだ。

クラブの根幹に関わる、よほど重要な部分なのだろう。

苛立つジュウとは対照的に、雨は冷静に、納得したように頷いていた。

「だいたいわかりました。それで、その暗木というのは何者なんですか？」

広瀬奈緒は首を横に振る。隠しているわけではなく、本当に知らないらしい。連絡はいつも向こうからあり、こちらから連絡を取ることは不可能。

「では、あなたたちクラブの会合は、いつもどこで行われてるのですか？」

広瀬奈緒が答える。会合場所は、雪姫と円の通う高校の生徒会室。

「そこは、こだわりがあるわけですね」

疑問が解消したように、雨はまた頷いた。

次の会合の日時を尋ねると、なんと今夜だという。

「ちょうどいいですが、それにしてもこれは……」

「ね、ねえ、それで、どうしたら幸福値が溜まるのか、そろそろ教えてよ？」

「いいですよ」

雨は大真面目に言った。

「運命の人を見つけなさい。それで、あなたは幸福になれます」

理解不能、という顔をする広瀬奈緒に、「今夜の会合には参加しない方が身のためです」と言い置き、雨はジュウを促して部屋を出て行く。円と雪姫も、それに続いた。

「おい、いいのか、もう？」

「事情はわかりましたから。それに、彼女はただの末端です。叩くのであれば、やはり中心人物を狙うべきでしょう」

まだ肝心な部分はわかってないと思うのだが、雨がいいと言うならそうなのだろう、とジュウも納得した。この少女はジュウに嘘は言わない。

それにしても、幸福クラブなんてものが実在していたとは。それを指揮する暗木という人物が何者か気になるところだったが、それは直接会ってみるしかない。

この幸せ潰しの根元には、何があるのか？

マンションから出ると、そろそろ傾き始めた太陽が街を照らしていた。流れる雲を見ているだけで、ジュウは少し気が休まる。幸福クラブなどという、わけのわからないものがあっても、世界は相変わらずだ。一万年前から空に雲はあり、一万年後もそれは変わらないはず。

大きく伸びをしながら、雪姫が少し拍子抜けしたように言った。

「なんつーか、頭がいいのか悪いのか、よくわかんない連中だね、その幸福クラブって。やり方も慎重なようで抜けてるし、ああして簡単に白状するってことは、秘密の徹底もなってないようだしさ。こういう事態が起きることを、その暗木って奴は予想してなかったのかな？」

「ある程度は、秘密が漏れることを承知でやっているんでしょう。自信があるということだと思います」

「自信？」

「邪魔が入らない、という自信です。実際、なかなか上手いとは思いますよ。大半の嫌がらせは、かろうじて泣き寝入りできるレベルで収めていますし、警察が本腰を入れることはないように配慮している。まあそれも、最近は違ってきているようですが。そこだけは少し気になりますね……」

考えをまとめるためか、雨はあまり多くは語らなかった。

ジュウも、あえて尋ねなかった。どうせ今夜わかることであるし、それでもわからなければ、また雨に尋ねたらいい。彼女はちゃんと答えてくれる。

いつものことだが、雨が絡（から）むと事態の進展は驚くほど早い。行き詰まるということがない。

まるで彼女の存在が事態の停滞を許さないかのように、全ては終息に向かって流れていく。

そんな彼女が、停滞を好む自分の側にいることを望む。何も変わらない自分の側にいる。

それが一番不可解なことだと、ジュウは改めて思った。

第5章　生　贄

時刻は深夜二時を回っていた。

一度家に帰ってから再度集まったジュウたちは、校門の前に立つ。さすがにこの時間では辺りに人影はなく、寝静まった街並みだけがそこにある。昼間は千人以上の生徒が学ぶ校舎も、今はひっそりと佇んでいた。暗い中で見上げるそれは、昼間見るよりも巨大に、そして重そうに見える。天気が悪いこともあり、夜空には星一つない。足元の石ですらもよく見えない暗さだ。

閉じられている校門を乗り越え、ジュウたちは校内に入った。四人ともこういう行動を苦手にしてないのが幸いだ。校舎の中で明かりがついている窓は、宿直の教師がいる部屋のみ。気づかれぬように注意しながら、四人は足早に進む。裏門の方が入るのに楽そうに思えたが、実はそちらの方に警報装置が付いていることを円から聞き、正面から入ったのだ。日本の学校のセキュリティの甘さは、昔から変わらない。盗られるようなものがほとんどないからだろう。

ジュウを先頭にして、雨がその後ろを、そして雪姫と円がそれに続く。ジュウの握る懐中電灯の明かりが廊下を照らし、足音は床に吸い込まれるかのように聞こえない。

肝試しでもしているみたいだな、とジュウは思う。季節はずれだが、深夜の学校探索にはそういう雰囲気がある。

生徒会室のある階を目指し、懐中電灯で足元を照らしながら階段を上がっていると、後ろの方にいる雪姫が小声で言った。

「……ねえ、どうしてもダメ?」

「ダメだ」

ジュウも小声で答える。雪姫には刃物を持たせていなかった。彼女の腕は信用しているが、それでもなるべく刃物は出さない方がいい。無闇に刃物をちらつかせれば、いらぬトラブルの元にもなりかねないのだ。もっとも、ジュウも荒事なしに今回の件が片付くと思うほど楽観的ではないし、一応カッターナイフを持って来てはいる。

相手が何人いようと、この面子ならそれなりに対応できるはずだ。

特に何事もなく、ジュウたちは目的の階に着いた。生徒会室を目指して廊下を進む。窓の外に見える校庭は、まるで巨大な黒い水溜まりのようだ。月や星のない空は、地上を照らさない。こういう夜は、神様も地上を見てないのかもしれない。

満月の夜に犯罪が多いらしいのは、神様に見て欲しいからだろうか?

雨に言わせれば、満月が人の理性を失わせて犯罪に走らせるという伝説は「ただの責任転嫁です」ということになるのだが。

慎重にゆっくり進んでいると、廊下の端の方に明かりが見えた。小さな弱々しい明かりだが、たしかに窓から漏れている。

ジュウは後ろを向き、雨たちに頷いて見せた。

ここが生徒会室。窓は扉に一つあるだけで、廊下側に面した窓は他にない。ここを押さえれば逃げられることはないな、とジュウは思う。扉は頑丈そうなスチール製。耳を当てると、中から微かに人の話し声が聞こえた。室内の人数は不明。

さて、あとは出たとこ勝負か。

まるでオバケ屋敷にでも入るような気分。ジュウは小さい頃、一度だけお祭りでオバケ屋敷に入ったことがあったが、そのときは紅香も一緒だった。彼女にしがみつき、最後は涙と鼻水で顔をグショグショにしながら出てきたのを覚えている。あの頃の自分は、よくわからないものはみんな怖かったのだ。今でも怖いのかもしれない。でも今の自分には、しがみつける相手はいない。それでいいと思う。一人で立てる。それを知るのが、大人になるということだ。

後ろにいる雨たちは、まるで平静だった。

もしかしたら、緊張しているのは自分だけなのだろうか。

事前に決めていた通りに、ジュウが先頭で入ることにした。雨に懐中電灯を渡し、ジュウはドアノブを握る。軽く回したが、鍵はかかってない。一度だけ深呼吸し、扉を引いた。

蛍光灯の消された薄暗い部屋の中で、一斉に動く無数の人影。そこにある全ての視線が、部屋の入り口にいるジュウへと集まった。無言の圧力に、ジュウは思わず息を呑む。

会議用の長机を取り囲んだ人数は、全部で三十人近い。それぞれの前にはロウソクが立てられており、明かりはそれだけだった。まるで何かの儀式のようにも見える。

ジュウが驚いたのは、ロウソクに照らされた顔の中に小学生らしき子供も見えたこと。雨の忠告に従ったのか、広瀬奈緒の姿はない。彼女たちは突然の訪問者であるジュウと、その後から入ってきた雨たちを見てはいたが、誰一人として声を上げなかった。

この密事を部外者に見つかったのに、驚いていないのか。

それとも驚きすぎて声が出ないのか。

雪姫は愉快そうにこの状況を眺め、円は油断なく視線を動かし、雨は平然としていた。

騒がれた場合の対応は考えていたジュウたちだが、彼女たちはロウソクの炎が揺れることさえないほど冷静に、ジュウたちを見つめるのみ。

それは、本番中に舞台に上がってきた素人を非難する役者のような眼差し。

無礼な部外者を責める眼差し。

まるで発声を禁じる暗黙のルールでもあるかのように誰もが口を開かない中、奥の上座にいる人物が言った。

「あなたがたは？」

動揺の一切窺えない、自信に満ちた声。顔を隠すようにフードを目深に被り、それに周囲の暗さも手伝って、若い女ということしかわからない。

場の雰囲気に呑まれぬよう呼吸を整えながら、ジュウは訊く。

「おまえが暗木か？」

「はい」

「俺たちは被害者の会代表、みたいなもんだ」

「被害者?」

「幸福クラブの活動の被害者だよ。代表して、おまえらを潰しに来た」

ジュウの言葉に、周囲のロウソクの炎が揺れた。動揺し、顔を見合わせる少女たちに、暗木は落ち着いた調子で言う。

「みなさん、冷静に。この四人と我々では幸福値が違います。心配いりません」

一瞬で静寂が戻った。

この暗木という少女の言葉に、絶対の信頼が置かれている証拠。

ジュウたちの登場にも彼女たちが騒がなかったのは、そのためか。

暗木への信頼が、彼女たちを結束させているのか。

「何のことか、よくわかりませんね。我々は幸福クラブ。その活動目的は、幸福になることです。それで、どうしてあなたがたが被害者なのですか?」

「広瀬奈緒を捕まえて吐かせた」

それだけで理解したのだろう。

暗木は「ああ……」と頷き、蔑むように言った。

「彼女は努力が足りませんでしたね」

何なんだ、こいつの落ち着きぶりは?

ジュウは罠の可能性を考えたが、今の反応からしても事前にジュウたちが来ることを予想していたようではないし、物陰に伏兵がいるということもないだろう。

生徒会室の扉は一つ。そこは円が押さえているので、もはや逃走は不可能。

それなのに、暗木にはまるで動揺する気配がない。

何が起きても問題ない、とでも言いたげな余裕だった。

追い詰めたとはいえ、人数は向こうの方が圧倒的に上。油断はできない。ジュウは雨と雪姫を下がらせると、暗木の方へと進んだ。

それを見ても変わることなく冷静に、暗木は言う。

「よく、ここまで辿り着きました。なかなかの幸福値です」

「今までの嫌がらせは、全部おまえらの仕業か？」

「全部、かどうかはわからない。中には便乗した模倣犯もいることでしょう。まあ、そういう輩が出てくるように、仕向けてはいましたけれどね。その方が効率がいいし」

「おまえがリーダーなら、答えてもらおうか。どうしてそんなことをした？　他人を苦しめることにどんな意味がある？」

「さっき言ったわ。我々の活動目的は、幸福になること」

「嫌がらせをすることが、どうして幸福に関係ある？　他人の苦しむ姿を見るのが、楽しいってのか？」

答えは笑い声だった。笑ったのは暗木ではない。周りにいる少女たちが、ジュウのことを笑っていた。ジュウの無知を笑っていた。生徒会室に反響する笑い声は、鼓膜を抜けて頭の中まで侵食しそうなほど不気味なもの。

耳を塞ぎたくなるのを堪えるジュウに、暗木は言った。

「果報は寝て待て、ということわざがあるけど、あなたはどう思う？」

「どうって……」

「ただ待っていて、何か良いことがありましたか？」

今までの人生でそういうことは一度もなかったが、ジュウはあえて答えなかった。

表情からそれを見抜いたのか、暗木は微笑む。

「なかったでしょ？　あのことわざは、罠よ。ただ待っていても良いことはない。幸福は来ない。むしろ奪われるだけ。そのことに気づいた人が、獲物を増やすために仕組んだ罠なのよ」

「……罠？　獲物？」

「辛いことに耐えていればいつかは良いことがある、なんて言う人がいるわね。あれはウソ。どれだけ辛いことに耐えていても、辛いことはなくならない。ずっと続く。辛いことはずっと続くのよ」

「おまえ、何を……」

「幸福を摑むためには、正しい努力をしなければいけない。本当に、本当に幸福になりたいのなら、くだらない現実なんかに振り回されていてはダメ。現実なんかを直視して、自分を見失ってはダメ。大切なのは現実じゃない。幸福になりたいという想い。その想いが、人を幸福にする」

「いい加減にしろ！　何を言ってんだかわかんねえよ！」

「大きな声を出さないで」

幼い子供でも相手にするように、彼女は慌てず騒がず言葉を続ける。

「わたしたち幸福クラブは、効率良く幸福になる方法を実践しています」

「……まさか、それが他人に嫌がらせをすることだってのか？　他人の幸せを潰すことだってのか？　だったら、ただのバカだ、おまえら。それのどこが幸福になる方法なんだよ」

「わからない？」

またしても、周りの少女たちが笑った。

もう一度怒鳴ろうとしたジュウを、雨が止める。

主が笑われているのを黙って見ているわけにはいかない。

「たしかに面白い観点ですね。それは認めますよ、暗木さん」

「面白い？　あなたにはわかるの？」

「はい。他人の幸福を潰して、その幸福を奪うという理屈ですよね？　幸福の総量が一定であると仮定すれば、なるほど、そういう理屈も成り立つかもしれません」

周りの笑い声が止まった。

静寂の中、暗木は雨に言う。

「……よくわかったわね」

「考えつく理由の中で、一番幼稚なものを口にしてみただけです」

今度は暗木が笑った。

「幼稚とは、手厳しい。でも、そういうものじゃないかしら？　真理とは、単純で幼稚に見えるもの。あなたが言ったように、幸福の総量は一定です。これは真実よ。人類の発祥以来、全ての人々が幸福になれたことは一度もありません。歴史が証明しています。幸福になれたのは、いつでも一握りの者だけ。少数が大部分の幸福を独占し、その他大勢は、おこぼれに預かるのみ。その図式は今でも変わらない」

教師が生徒に語るように、暗木は続ける。

「人間は幸福になるために努力します。例えば勉強で、例えばスポーツで、例えば恋愛で。でも、その努力ではダメ。それでは、いくらやっても幸福になれるとは限らない。何故なら、幸福の総量は一定だから。誰かが幸福でいる限り、自分は幸福になれないから。だから、本当に幸福になりたいなら、他人の幸福を潰すのが最も効率が良い、ということになります。我々はそれを実践しました。そして平均以上の幸福値を手に入れました。我々は、幸福になったのです」

この内容には、ジュウだけでなく、後ろにいた雪姫や円も驚いているようだった。

三人の感想は一致している。

なんてネガティブな努力！

ただの妄想としか思えない屁理屈だったが、ジュウの中でようやく疑問が解消した。慎重なのか適当なのかわからない活動も、バレるとは予想しなかった広瀬奈緒の反応も、今なら何故だかわかる。

信じているのだ、自分たちの幸福を。それは揺るがないと。それが、全てを上手くいかせるのだと。だから必要以上に慎重にはならず、組織としては穴だらけ。

ジュウからすれば妄想を共有した集団に過ぎないが、今まで誰も止められなかったのは事実であり、彼女たちはそれを必然と信じているのだろう。

彼女たちを結束させ、支えているのは、その思い込みか。

「……くだらねえ」

なんて迷惑な連中だ。

こんな連中のせいで、みんな被害を受けていたというのか。

バカバカし過ぎて、ジュウはまともに怒る気にもなれない。

「おまえら……」

「勝負、しましょうか?」

ジュウの言葉を遮るように、暗木は言った。

「……勝負?」

「今日ここへ来た目的は、我々を解散させることよね?」

「解散しただけで済むとでも……」

「警察に行ってもいいですよ」

訝しむジュウに、暗木は続ける。

「そちらは四人、わたしは一人。それで勝負しましょう。もしもそちらが勝ったら、クラブは解散し、警察に行きます」

「おまえが勝ったら？」

「そうね、やはりクラブは解散しましょう。こうして見つかってしまったからには、もう続けられないし。でも、警察には行きません。それでどうかしら？」

この提案は、ジュウにとって完全な想定外。クラブのメンバー全員が一斉に襲ってくるというのが最悪の想定で、全員が素直に降伏するのが最良の想定だったのだ。

しかしまさか、リーダーである暗木が一人で勝負を挑んでくるとは。

くだらないことばかり考えやがる。

「勝負って、何をするんだ？」

「もちろんケンカよ」

「……本気か？」

最後の悪あがきのつもりか、それとも何か策があるのか。

暗木は席を立つと、周囲の少女たちを見ながら両手を広げた。

「みなさん、わたしが負けると思いますか？」

少女たち全員が首を横に振る。

「もしもわたしが負けたら、それは我々のやり方が間違っていたということになります。そのときは、みなさん、おとなしく降参しましょう。いいですね？」

少女たち全員が頷いた。

暗木は、ジュウに確認を求める。

「よろしいかしら？　それとも、わたしが怖い？」

「……ルールは？」

「参った、と言った方が負け。もしくは、立ち上がれなくなった方が負け」

「わかった」

隣にいる雨は何か言いたそうだったが、ジュウは暗木の提案を受け入れることにした。

これだけの人数をおとなしく捕まえるのは難しい。少女たちは暗木の言葉には従うようであるし、それならそれを利用するのもいい手かもしれないと思ったのだ。

このまま乱闘になるよりはましだろう。

「ただし、相手は俺一人だ」

「ご自由に」

ジュウたちは廊下に出る。

最後に部屋を出た暗木は、一度振り返った。

「みなさん」

さっきまでよりいくらか温かみのある口調で、部屋にいる少女たちに言葉を贈る。

「今までよく働いてくれました。ありがとう」

暗木は頭を下げ、生徒会室の扉を閉めた。それに続いてカチャリという金属音。暗木が鍵をかけたのだ。鍵をポケットにしまいながら、暗木は満足げに言う。

「これで、邪魔は入らない」

今更ながらに、ジュウは疑問に思った。

抵抗するのはわかる。しかし、どうして彼女一人なのか？

どうして鍵をかけてまで仲間の助力を排除するのか？

まさか、この状況から一人で逃げるつもりでもないだろうが……。

「いつでもいいわよ」

ジュウたちに向き直った暗木の手には、ナイフが握られていた。

隠し持っていた刃渡り二十センチ近い刃に、懐中電灯の明かりが反射する。

ジュウの足は自然と後退した。凶器に怯えたわけではない。この暗木という少女から漂う、得体の知れない雰囲気が距離を取らせたのだ。

街でケンカをする際、たまにこういう雰囲気の奴がいる。何の前触れも見せずに、いきなり殺意を解放するような人間。理屈を無視して暴力を振るうような人間。

こいつ、何するかわからねえぞ……。

手加減しようとか、早く済ませようとかいう甘い考えは、ジュウの中から吹き飛んでいた。

警戒して後退するジュウと入れ替わるように、雨と円が前進。それを呼びとめようとしたジュウのポケットから、雪姫がカッターナイフを素早く抜き取る。

カチカチカチと刃を押し出しながら、雪姫も前進。

ジュウは三人の意図に気づいた。

「お、おい、待て！　こいつは俺が……」

「ジュウ様、お下がりください」

「柔沢、下がってろ」

「柔沢くん、下がっていなさい」

誰が相手でも、気圧されることのない三人。

自分の前に立つ雨と雪姫と円を、暗木は感心するように見る。

「頼もしき三銃士ってとこかしら。それでいいわね？　そこの彼を守りきれたら、そちらの勝ち。守りきれなかったらわたしの勝ち。それでいいわね？」

ジュウの反論は、その場の空気が封じていた。

「じゃあ、さっそく……」

暗木は懐から何かを取り出す。

小さな箱のようなそれを握り、彼女は言った。

「パワーアップ、しちゃおうかな」

彼女の指が、箱にあるスイッチのようなものを押す。

生徒会室から、小さな爆発音が聞こえた。それも複数。ロウソクなどではあり得ない強烈な明かりが窓から漏れ、廊下にいる暗木を、そしてジュウたちを照らし出す。

その明かりに目を細めながら、ジュウは察した。

発火装置。部室やマンションの郵便ポストに仕掛けたのは、この女か。

窓に映る赤々と燃える炎。閉じ込められた少女たちの悲鳴。混乱でロウソクを落とし、それが室内の火災にさらに拍車をかける。逃げようにも扉は閉ざされ、窓の外は五階分の高さ。

誰も部屋から出られない。

暗木の口が、笑いの形に歪む。

「これで、集めた幸福は、み――――んな、わたしのもの」

炎で赤く染まる生徒会室の窓を背に、暗木は両手をいっぱいに広げて悦に浸っていた。

待ちわびた瞬間が来た、とでも言いたそうに。

これが暗木の企みか。このための幸福クラブか。

この女は、最初からこのためにクラブを作ったのか。

何てことしやがる！

鍵を奪うか扉を破るかして、早く助けないと……。

そしてジュウは驚いた。今日一番の驚き。

燃え盛る炎の明かりを浴びながら、少女たちの悲鳴が轟くこの廊下に、雨たちは変わらず立っていたのだ。仲間をまとめて焼く暗木も恐ろしいが、この事態にも微動だにしない雨たちも恐ろしい。この隙に暗木が逃げることも、ジュウへ危害を加えることも、雨たちは許さない。

幸福クラブの少女たちよりも、ジュウを優先する。

そのあまりに潔い判断に、暗木でさえ感嘆の息を漏らした。

「……徹底してるのね。でも、無駄よ。今のわたしは無敵に近い。あなたたちとは、幸福値が違うわ」

暗木は、持っていたナイフを自分の頭上へと放り投げる。ナイフはクルクルと回転しながら落下し、暗木にかすることもなくすり抜けると、廊下に突き立った。まるで、ナイフが彼女を傷つけるのを避けたかのように。

廊下からナイフを引き抜きながら、暗木は微笑む。

「さあ、勝負しましょう。彼女たちを助けたいなら、わたしから鍵を奪ってみせなさい。まあ、無理でしょうけど。わたしの邪魔をすることは……」

問答無用で円の右足が炸裂した。鞭のようにしなる上段蹴りが、暗木の側頭部にクリーンヒット。その衝撃で暗木は床の上を三回転もし、柱に衝突してようやく止まった。

だが彼女は、そこからすぐに起き上がる。

「……言ったはず、わたし、無敵だって」

少しのダメージも見えない足取りで、暗木は駆け出した。どうにかして扉を開けようと体当たりしていたジュウを狙い、一直線に迫る。その前に円が立ち塞がると、暗木は瞬時に進路を変え、窓枠を踏み台にして跳躍。天井近くまで飛び上がると、呆気にとられるジュウの顔を目がけて刃を振り下ろす。しかし、その肉厚なナイフの一撃を、横から突き出された薄いカッターナイフが見事に防いだ。

着地と同時に舌打ちし、ナイフを構えて向かってくる暗木に、雪姫は冷たく警告した。

「このあたしに、刃物で挑んでどうするよ?」

無造作に振られた雪姫の刃が、あっという間に暗木の手から刃を弾き落とす。そして、暗木の懐に雨が飛び込んだ。雨の鋭い肘打ちを、暗木はかろうじて身をひねってかわしたが、続いてきた掌底突きを防ぎ切れずに転倒。そこからすぐに体勢を立て直し、暗木は距離を取りながら息を吐く。

「……想像以上。このわたしの邪魔をするとは、たいしたものだわ」

「幸福値なら、わたしも負けてはいません。側にジュウ様がいるのですからね」

多対一への躊躇など、雨たちにはない。合理的に目的を完遂することを一番に考える。

雨は両手を構えた。

「もし一騎討ちがお望みなら、わたしがお受けしますよ」

「ありがたい申し出ね。でも……」

近くにある階段の方を一瞥し、暗木はクスッと笑う。

「やっぱりわたしの勝ちよ」

階段から足音。誰かが駆け上がって来る。

騒ぎに気づいた宿直の教師だ。

「貴様ら！　ここで何をやっとる！」

教師の持つ懐中電灯の明かりが、雨の顔を照らした。雨に生まれた一瞬の隙。それを逃さず、暗木はいきなり横へ飛ぶ。窓ガラスを体当たりで突き破り、その破片と共に落下。
駆け寄ったジュウが割れた窓から下を覗くと、そこには暗い闇しか見えなかった。
暗い闇しか、そこにはなかった。

何でもそうだが、始めるよりも、その後片付けの方が面倒なことは多い。

駆けつけた消防隊員による消火活動と、救急隊員による治療活動、そして警察。早く現場を離れた方がいいという雨の進言を退け、ジュウは残ることにした。最初は逃げるつもりだったが、煙を吸い、苦しそうに咳き込んでいる小学生の女の子などを見ていると、それを放置して逃げることなどできなくなってしまったのだ。

少女たちの中に、無傷の者はいなかった。暗木の逃走後、勢いを増した炎が全員に襲いかかったからだ。誰もが大なり小なり火傷を負い、あるいは気管をやられ、しばらくの入院を必要とする者もいる。パニックになり、自分の持っていたロウソクの火で髪の毛を焼いてしまった子などは、あまりに痛々しすぎて、ジュウは見るに耐えなかった。

心と体が傷つき、暗く沈んだ少女たちの表情。何か大事なものを失ったような表情。

それは、暗木の言葉が真実だと示しているようにもジュウには思えた。

彼女は言ったのだ。

集めた幸福は、みんな自分のものだと。誰も自分の邪魔はできないと。

その通りに少女たちは抜け殻のようになり、暗木はあの状況から逃げ切って見せた。

ジュウと雨、そして雪姫と円さえいた、あの状況から。

暗木が何者なのか、ジュウは少女たちに尋ねてみることにした。

少女たちは素直に答えてくれた。ジュウを見る目には、微かな好意の光すらある。宿直の教師がスペアキーで生徒会室の扉を開けた際、一番先に飛び込んで助けてくれたのがジュウだと、みんな知っているからだ。そのためにジュウが火傷を負ったことも、みんな知っている。自分の治療を後回しにし、少女たちを優先して救急隊員に診せたことも。

どうしてそこまでして少女たちを助けたのかは、ジュウにもわからない。雨の制止も無視したし、幸福クラブが加害者集団だということも頭の中から吹っ飛んでいたし、とにかく無我夢中だった。

ジュウは多分、怒っていたのだ。暗木に。少女たちに。無力な自分に。

雨たちが冷静に消火器で対処してくれなかったら、生徒会室の火は校舎全体にまで燃え広がっていたかもしれない。そんなことにも気づかなかった自分はやはり役立たずだと、ジュウは真剣に思う。

「暗木さんのことは、よく知らない」

それが少女たちの答え。暗木が何者なのか、誰も答えられなかった。誰も知らないのだ。暗木はいつもフードを被って顔を隠していたらしく、素顔を見た者もいないという。

それだけでも驚くところだが、少女たちの言葉はジュウをさらに混乱させた。

少女たちは暗木を恨んではいなかったのだ。

何故なら、暗木の言葉は真実だったから。

少女たちは幸福クラブのメンバーとして、本当に幸福を得ていたから。

「暗木さんは、わたしたちを幸福にしてくれたの……」

少女たちの一人が、ジュウにそう言った。それは本心からの言葉に聞こえた。もちろん、裏切られたことへの衝撃は隠せなかったが、それでも、暗木に対する恨みの言葉は一つも出てこなかった。

素性もわからない女の言葉に従い、なおかつ死にそうな目に遭いながらも恨まない。

暗木には、それだけの力があったというのか。

あんな屁理屈に、それだけの効果があったというのか。

校舎への不法侵入ということもあって、警察への説明には苦労したが、それは間に円が入ることで何とかなったらしい。どういうコネがあるのかはジュウも知らないが、彼女が何処かへ電話するだけで済んだのだ。

何故か嫌そうな顔で電話を終えた円は、気持ちを切り替えるように息を吐いてから、ジュウに言った。

「あの暗木って子、逸脱してるわね。あそこまでのは久しぶりに見た」

「逸脱って、何を？」

「いわゆる常識ってやつよ」

円は自分の頭を指差す。

「自分の作ったルールを、本気で、完璧に、心の底から信じ込んでる。常識よりも、そっちの方が勝ってる。他人の幸福を潰して奪うという理屈が、あの子の中ではきちんと筋の通ったものになってるのよ。微塵も疑ってない。あの勢いなら、そのうち空だって飛びかねないわね」

暗木が常識を逸脱してるというのは、ジュウにもわかる。円の蹴りが直撃しても難なく立ち上がり、窓枠を踏み台に跳躍し、窓ガラスを破って五階から落ちても逃げ切る力。破られた窓ガラスの下には樹木や花壇があり、枝に折れた形跡があることからしても、そこに落ちた後で逃げたのは間違いなかった。超人的とまでは言わないが、体力も精神力も並大抵の強さではない。あの場に雨たちがいなければ、ジュウは殺されていたかもしれない。

「あれは多分、麻薬でハイになってる状態に近いと思います。軽くですが、リミッターが外れてますね。肉体の痛みや負担も、ほとんど意識していないのでしょう」

雨と同意見なのか、円は黙って頷いていた。

「メンバーたちの幸福値を吸収した自分の行動を、誰も邪魔できるわけがない、と彼女は信じているのです。誰にも負けるわけがないと、自分の幸福を邪魔できるわけがないと、そう信じている。そしてそのイメージを、肉体に投影しているわけです」

ジュウは、アスリートが行うイメージトレーニングを想像した。

できると思うからできる。できないと思うからできない。

あの暗木という少女は、「自分にはできる」と強烈にイメージしていたのか。

凄まじい信念。

軽く肩をすくめ、円が言う。

「あれじゃ、殺す気でやらないと止まらないわね。だから、あの結果は誰のミスでもない。仕方なかった、とわたしは思うわ」

それは彼女からジュウに向けた、慰めの言葉か。少女たちを助けるために顔も体も煤だらけになったジュウに、多少の健闘を認めたのかもしれない。

ジュウは思う。

暗木を捕まえるなら、今晩しかなかったのだ。今晩なら現行犯で捕まえられた。だから暗木は、とにかく今晩を逃げ切れば良かった。誰も自分の素性を知らず、身元に繋がる証拠もないのだから。彼女はジュウたちの登場に内心では驚きながらも、いきなり勝負を持ちかけて混乱させ、見事に逃げ切った。

勝ち負けで言うなら、これは彼女の勝利。

ジュウたちは、負けたのだ。

「本当は、あまり関わらない方がいいのよね、ああいうのとは……」

円は最後にそう言い、雪姫は、もはや興味無さそうに欠伸を漏らすだけだった。

雨は無言だったが、何か考えているように見えた。

暗木があそこまでやるとは誰も予想していなかったであろうが、負けたと思っているのは、ジュウだけなのかもしれない。

うっすらと夜が明け始めた空を見上げながら、ジュウは思った。

自分は逃げ切れるという思い込みが肉体を突き動かし、暗木は本当に逃げ切った。

その異常なほどの思い込みを抱えたまま、彼女は今どこにいるのだろう。


自宅に戻った時間が遅く、ジュウは二時間程度しか睡眠は取れなかった。

休む気にはなれず、熱いシャワーを浴びてから学校に向かう。

不完全燃焼な気持ちが睡眠欲に勝っているのか、頭はそれほど重くない。

考えてみれば、眠いと思いながらも起きていられるうちは幸せだろう。

いずれ嫌でも眠ることになるのだ、永久に。

幸せか……。

あの少女たちはみんな、それを求めていた。

結局、ジュウたちのやったことはあまり意味がなかったような気もする。

昨日一日の成果としては十分なもの、と満足するべきなのかもしれないが、目的を果たせたとは言いがたい。

問題は、光の件だろう。犯人を捕まえると息巻いたはいいが、昨日の状況を見ていると、あの少女たちの盲信ぶりは哀れにも思えるし、ジュウは責める気が失せてしまっていた。少女たちはおとなしく警察に事情を説明していたので、いずれそれなりの罰を受けるだろうし、それでもう十分だと思える。

許せないのは、主犯の暗木だ。捕まえて土下座させるなら、あいつにさせてやりたい。

そうすれば、いくらか気分も晴れるはずだ。

しかし、肝心の暗木の所在は不明。

これからどうする?

取り敢えず、雨に相談してみるか……。

相変わらずの他力本願な自分に、嫌気が差す。

でも、こんな自分と一生付き合わなければならないのだ。

ジュウが浮かない顔で通学路を進んでいると、後ろから誰かが駆け寄ってくる足音が聞こえた。不思議なもので、ジュウは振り返らなくてもそれが誰だかわかる。あまり体重を感じさせない、軽やかな足音だ。

「ジュウ様、おはようございます」

「おう」

横に並び、頭を下げてくる雨に、ジュウも挨拶を返す。

こうして朝の通学路で会うのは、かなり珍しい。流れがこちらに来ている証拠なのかもしれない。やはり、雨が関わると事態は停滞しないということだろうか。

寝不足はジュウと同じだろうが、隣を歩く雨は、いつもと変わりなく見えた。顔色もいいし、動きも規則正しい。小柄な見かけに寄らず、タフな子である。

　雨に会えたことで安堵(あんど)したからか、ジュウは欠伸を漏らした。

　それを見て、雨は心配そうに言う。

「お疲れのようですが、大丈夫ですか?」

「ただの寝不足だ」

「よろしければ、良い快眠法をお教えします」

「快眠法?」

「はい。ヨガの呼吸法に近いのですが、短時間で深く快適な睡眠を取れる方法です」

「へえ……」

　雨にしては流行路線。女性誌の広告の見出しで目にするような方法だったので、ジュウは少し意外に思う。堕花(おちばな)雨もやはり女の子。美容健康法などにも関心があるということか。

　ジュウも興味を持った。

「ちょっと面白(おもしろ)そうだな」

「古くはアトランティスの時代から伝わる、由緒(ゆいしょ)正しいものですよ」

　前言撤回。怪(あや)しげな知識に頼るくらいなら、根性で何とかしよう。

　しかし、こいつは普段どういうふうに寝ているのだろうか?

　少しだけ見てみたいような気もする。珍獣(ちんじゅう)の生態を知りたがるようなものだが。

　まあいいや、とそれを保留し、ジュウは昨日のことを訊(き)いてみることにした。

「あれで終わりだと思うか?」

「昨日の彼女たちは、さすがに懲りたと思いますが、同じ集団が再び発生する可能性はゼロではないでしょう。主犯の逃走を許してしまったのが痛恨の極みでした。申し訳ありません」

「おまえのせいじゃねえよ。円堂も言ってたが、あれはしょうがない」

自分の失態を悔いている雨の頭を、ジュウは気にするなという意味で軽く叩いた。その手にある火傷の跡を見て雨の表情が曇ったが、ジュウはわざと明るい笑顔を浮かべ、また頭を叩く。

雨たちは、とてもよくやったと思う。

本当の役立たずは自分の方だ。暗木に、手も足も出なかったのだから。

何かの役に立った、と自覚できた瞬間が、今までの人生で何度あっただろう?

振り返るだけ虚しい。

二人は校門を通り、下駄箱で上履きに履き替えた。ジュウと雨が一緒に登校するのを物珍しそうに見る生徒たちもいるが、二人とも気にしない。

「あの暗木って女を捜すとしたら、どうしたらいいと思う?」

「そうですね、まずは……」

「おはよう、お二人さん。朝から仲がいいわね」

二人に挨拶してきたのは、綾瀬一子だった。

冷やかすような口調が気に入らず、ジュウは無言で通す。

その反応を鼻で笑い、一子はジュウの側を通ろうとしたが、その間に雨が割って入った。まるで、飢えた猛獣からジュウを守るような素早さ。

雨の視線は、一子に向けて固定されていた。

「ジュウ様、彼女です」

「何が？」

「彼女が、暗木です」

急に何言ってんだ、というジュウの戸惑いをよそに、雨は一子に問う。

「綾瀬さん、その左手の指はどうしましたか？」

「指？」

一子は自分の左手を見る。小指が、少し妙な方向に曲がっていた。皮膚も青く腫れている。

「ああ……」

言われて初めて気づいたというように、一子は曲がった指を掴むと、力ずくで矯正した。ボキボキ、と折れた骨がさらに折れる音が聞こえたが、彼女の表情には痛みを感じた様子はない。

「ジュウ様。あれは昨日、わたしが与えた怪我です」

雨の説明に、ジュウもようやく理解する。昨日の晩、雨が暗木に加えた一撃。実際に攻撃を加えた雨は、どの程度のダメージを与えたか察しがついている。そして、それが一子の手にあると雨は言っているのだ。

しかし、偶然同じ位置に怪我をしているだけで無関係かもしれない。

ジュウのその考えは、続いての会話で消えた。

「綾瀬さん。あなたは幸福クラブのリーダー、暗木ですね？」

「ええ、そうよ」

何の誤魔化しもせずに、一子は認めたのだ。自分が暗木であると。

罪悪感どころか、少しの後ろ暗さもない反応だった。

近くを通り過ぎる女子生徒の何人かが、一子に挨拶していく。

それに笑顔で応じてから、一子は雨に言った。

「あなた、やっぱりかなりの幸福値ね。今日、わたしから声をかけてしまったのも、そのせいかしら。柔沢くんより、あなたを重点的に狙うべきだった。うん、そこは失敗だったかな。わたしの見立て違い。昨日の白いリボンの子も、なかなかのものだったわね。まだまだ、高い幸福値の持ち主はいるわけか」

上履きに履き替えた一子は、そのまま教室に向かう。いつもの朝のように。

「待て！」

追いかけたジュウが肩を掴んで止めると、一子は不思議そうに振り向いた。

「何、柔沢くん？」

「おまえ、あんなことしておいて……！」

「あんなこと？　……ああ、発火装置のこと。わりとよくできてるでしょ？　専門店に通ったりして、勉強したのよ。何度か実験もしたし。あなたの家のポストでも、一度試したわね。時限式の方が意外と難しくて、リモコン式にしたんだけど、上手くいったわ」

「あの子たち全員が、火傷を負ったんだぞ！」

「そう」

「おまえ、逃げられると思ってるのか！」

「もちろん」

一子は笑顔で肯定する。

「昨日も逃げたでしょ？　わたしの幸福値なら、たいていの邪魔は排除できるのよ。捕まるわけがないわ」

メンバーの少女たちは暗木の顔を知らず、素性も知らない。手製の発火装置からも、製作者を特定できるような手掛かりは見つからない。

自分に繋がる証拠など何もないと、一子はわかっているのだ。

「一応言っておくけど、あなたたちが警察に何か証言したとしても、わたし、否定するから。絶対に自白なんかしない。死んでもしないわ」

やはり笑顔で、一子はそう言った。

指の怪我など、どうとでも言い訳ができるだろう。

どこにも証拠はない。

悔しげに歯噛みするジュウを哀れに思ったのか、一子は慰めるように言った。

「でも、まあ、あなたたちの健闘は称えてあげる。よくやったわ。そのご褒美に、もう少しだけ付き合ってあげましょうか」

一子は腕時計を見る。授業の開始時間を気にしたのだろう。

「続きは放課後にね。わたし、学校から消えたりしないから。校門のところで待ち合わせをしましょう。大丈夫よ、そんな顔しなくても。これでも、二年連続皆勤賞を狙ってるの」

一子は階段を上がり、ジュウたちの視界から消えた。

ジュウは追いかけたい衝動に駆られたが、そうしたところで何かできるわけでもない。

その隣で、雨は沈黙を守っていた。

この状況に打つ手なしと見ているのか、それとも。

悶々としながら授業を過ごし、ジュウは放課後になると雨のいる教室を訪れた。綾瀬一子の姿を捜すと、彼女は他の女子生徒と会話しながら帰り支度をしているところだった。

ジュウの視線に気づき、一子は少し笑う。余裕の笑み。揺るぎない自信。

今ここで一子を告発しても、周りはジュウの味方などしない。ジュウへの反感を強めるだけだ。相手は生徒会の副会長で、優等生なのだから。

ジュウは雨を伴い、先に校門で待つことにした。一子がどうするつもりなのかわからないが、こちらとしても、どうしたらいいのかわからない。

苛立つジュウの隣で、雨はいつものように落ち着いていた。

「大丈夫です、ジュウ様。まだ負けてはいません」

「どこがだよ？」

「わたしが一番恐れていたのは、彼女、暗木が見つからないという展開です。でも、彼女は見つかった。敵は見つかった。あとは、倒すだけです」

「どうやって？」

倒すどころか、戦う手段すらないじゃないか、とジュウは思うのだが、雨には何か考えがあるようだった。

綾瀬一子のあの自信。幸福値などジュウは信じないが、彼女はそれを信じ、現実に、今の流れは彼女に有利なものになっている。

この流れを変えるには、あの自信を砕くには、どうしたらいいのか。

校門に現れた一子は、二人を自分の家に案内すると言った。

「いろいろ、話してあげるわ。あなたたちが知りたいことをね。クラブの最後を見たあなたたちには、その資格があるでしょう」

無言で睨みつけるジュウに、一子は笑みを返す。

「嫌なら、別にいいけど？」

そう言って、一子は歩き出した。ついて来ないならこれで終わり、という態度。

危険な誘いだが、ここで応じなければたしかに終わりだろう。

この件は、もうどうにもならなくなる。

行ったところでどうなるかわからないが、わからなければ進むのみ。

ジュウと雨は、一子の後を追った。


二人が数メートル後に続いているのを知っても、一子は普通に行動した。

おそらくはいつも通りに。

電車で移動し、駅から出ると、近くのスーパーで買い物。半額のシールが貼(は)られた魚の切り身や、消臭剤などの生活用品を買い、それを詰めた袋を手にぶらさげながら家に向かう。

途中の本屋で彼女が立ち読みする姿を見ながら、ジュウは少し困惑(こんわく)していた。

……本当に、こいつが？

彼女自身が認めなければ、ジュウはいつまでも信じられなかっただろう。

昨日のような鬼気(きき)迫る雰囲気(ふんいき)が、今の彼女にはない。

普通の女子高生にしか見えなかった。

「二人とも、そんなところにいないで、もっと近くに来たら？」

後ろから見られてると落ち着かないわ、と苦笑しながら一子は言う。ジュウは少し迷ったが、ここで躊躇しても意味がない。雨を連れて、一子のすぐ隣を歩くことにした。

「そんなに警戒しなくてもいいわよ。罠なんかないから。わたし、もうあなたには興味ないしね。堕花さんにも、今のところ手を出す気はないわ。今日は平和的にいきましょう」

そうは言われても信じるわけにもいかず、ジュウはいつでも動けるように意識しておく。

夕焼け空を、無数のカラスが飛んで行くのが見えた。その悲しげな鳴き声が、これから訪れる夜の闇を予感させる。

そろそろ街灯の明かりがつき始めた道を、三人はしばらく無言で歩いた。

「柔沢くんは今、幸せ？」

唐突に、一子はそう訊いてきた。

「どうかな」

無視しても良かったし、そうするべきなのかもしれないが、ジュウは何故か答えていた。

一子の声に、わりと真剣な響きを感じ取ったからかもしれない。

「じゃあ、幸せになりたいと思ったことはない？」

「さあな」

「なるほど。あなたの幸福値はたいしたことないけど、あなたとしてはそれで十分みたいね。多くを求めないその姿勢は、無気力と紙一重だけど、分相応を自覚してるとも言える。今はそれでもいいでしょう。あなた一人だし。でも、これから先はどうかな。誰かと家庭を持ち、子供が生まれたら、そのときも、あなたは今のままでいられる？　家族のために、もっと多くの幸せを求めようという気にはならない？」

「そんなのわからねえよ」

「わからないのではなく、あなたは考えようとしていないだけ」

「……おまえ、何が言いたいんだ？」

「あなた、いつかやるわ、きっとやるわ」

「何を？」

「あなたは自分が幸せになるために、誰かの幸せを潰すでしょう」

「俺が？」

「だって、あなたは知ってしまったもの。やり方を知ってしまった。もう昔には戻れない」

「ふざけるなよ。俺が、あんなくだらない屁理屈を信じると思うのか？」

「くだらない？」

一子は、横目でジュウを睨んだ。

「幸せになろうとする努力を、あなたはくだらないと言うの？」

「そういう意味じゃなくて……」

「たしかに、わたしの活動はそれほど奇抜なものでも革新的なものでもないわ。堕花さんには幼稚だと言われてしまったけど、その通りでもある。これは誰でもやってることだから」

一子は確信を込めて言う。

「人は自分が幸せになる過程で、必ず誰かの幸せを潰してる。みんなが無意識のうちにやってるそれを、わたしは意識してやっただけ。人を集めて大がかりにね。それだけのことよ」

「……だから、自分には罪がないって言いたいのか？」

「それは神様が判断なさること。天罰は下ってない。だからわたしは無罪の身」

ジュウを翻弄するように、一子はそう断言した。

どれだけ正論を吐こうと彼女には通じない。この綾瀬一子は常識を逸脱している者。

己の道を行き、己のルールを信じ、力を発揮する者。

こういう人間が世の中にはいる。ジュウの身近にも一人。

「綾瀬さん、あなたは間違ってますよ」

雨は静かに抗議した。

「あら、どこが？」

「全ての人間が、他者の幸せを潰しているわけではない。人間は一種類ではありませんから」

ありがちな発想だと思ったのだろう。

小馬鹿にするように笑いながら、一子は言った。

「一種類じゃないって、つまり、善人と悪人？」

「いいえ。柔沢ジュウ様と、その他です」

一子は呼吸を止めた。

雨の顔を見ながら、彼女は息と言葉を同時に漏らす。

「……すごい」

心底感嘆するような口調。それは、自分と同種の匂いを嗅ぎ取った反応か。

「わかった。もう金輪際、柔沢くんには手を出さないと約束するわ」

「賢明な判断です」

「でも、あなたは必ず潰す」

「いつでもどうぞ」

雨は堂々と受けて立つ。

ジュウは一瞬緊張したが、一子はそれ以上は何も言わなかった。

一子のペースを僅かでも崩してみせた雨はさすがだが、現状では、これが限界か。

駅から二十分ほど行ったところに、一子の住む団地はあった。周りには空き地が多く、あとは雑木林などがあるだけで、商店もコンビニもない、わりと閑散とした場所だ。団地はかなり古く、コンクリートには所々に亀裂が入り、色も黒ずんでいた。ゴミ捨て場の管理が悪いのか、やや悪臭が漂っている。一子のイメージと合わないな、とジュウは思った。

駐輪場を通って入り口へと向かう途中、ジュウは壁に貼られた一枚の紙に目を止める。紙には「この猫を捜しています」とつたない文字で書かれており、猫の親子の写真も貼られていた。その猫の外見に、ジュウは見覚えがあった。郵便ポストに詰め込まれていた、あの猫だ。

「ああ、それね」

一子も気づき、平然と言う。

「体は、柔沢くんの方に使ったんだったわね。うちの上の階に住んでる小学生の姉妹が、とても可愛がってた猫なのよ。ここの団地はペット禁止だから、裏の雑木林でこっそり飼っててね。子猫が生まれたときなんか、二人で近所の人たちに見せて回ってたわ。二人ともあんまり幸せそうだから、その幸せ、潰してあげたの」

そのときの情景を思い出したのか、一子は口元に手を当て、クスッと笑った。

「切り取った手足を家の前に置いといたら、あの姉妹、わんわん泣いてたっけ。すごい泣き声で、近所迷惑だったなあ」

こいつ……！

立ちすくむジュウを残し、一子は階段を上がって行く。

彼女はこうやって他者の幸福を奪い、代わりに不幸を振り撒きながら生きているのか。

無性に腹が立ったジュウは階段を駆け上がろうとしたが、その服を雨がそっと摑んで止めた。

ジュウがどれだけ怒ろうと、それは一子には伝わらない。彼女は理解しない。

だから冷静に、今は冷静に。

雨の無言の意思表示を受け取り、ジュウは一度深呼吸してから階段を上がる。

一子の姿を捜して三階まで上がったところで、一子と、知り合いの顔を見つけた。

「え、何で……？」

白石香里が、ジュウと雨を見て驚いていた。

驚いたのはジュウも同じだ。

「そっちこそ、何でこんなとこにいるんだよ?」

「わたしは、綾瀬さんが大事な相談があるって……」

「そう、わたしが呼んだのよ。ちょうどいいしね」

一子は鍵を開け、ジュウたちを家の中に招き入れる。玄関には母親のものらしき女物の靴と、一子の靴が何足かあるだけ。室内にはジメジメした空気が溜まり、僅かに開いた窓から外のゴミ捨て場の空気が流れ込んでいるのか、少し悪臭もした。

「適当に座って」

一子は蛍光灯をつけると、買い物袋を持って台所へ向かう。ジュウたちはダイニングテーブルの椅子に腰を下ろした。ジュウと雨が並び、正面には香里。

食料品を冷蔵庫に入れながら、一子は言う。

「お茶を淹れるわね。あ、それともジュースとかの方がいい?」

「……何もいらねえよ」

「じゃあ、お茶にするわ。少し待ってて」

まるで普通の客に接するのと変わらない一子の態度に戸惑いながらも、ジュウはしばらく室内を見回した。奥に襖で仕切られた部屋があるくらいで、たいして広くはない。家具は少なく、弱々しい光を放つ蛍光灯のせいか、どれも安物に見えた。壁はかなり汚れていたが、これは建物自体が古いからだろう。床には塵一つ落ちていないし、掃除はきちんとしているようだ。ハエが何匹か飛んでいるのは、悪臭のせいか。

換気扇をつけ、薬缶を火にかける一子の動きは手馴れたものだった。この家の雰囲気は、ほんの少しだけジュウの家に似ている。家族団欒など存在しない場所。ほとんど一人で過ごす場所。買い物の様子からしても、一子は多分、母子家庭だろう、とジュウは思った。

その寂しさが、彼女を幸せ潰しに向かわせたのか。それとも別に理由があるのか。

しかし、これからどんな話をするつもりかは知らないが、あまりにも平凡な光景だった。

他人の幸福を潰して幸せを手に入れる、などという歪んだ理屈を持ち、それを実行していながらも、彼女は普通に生活している。少しもおかしいところは見えない。

ジュウの隣で、雨もしばらく周りを観察していたが、やがて言った。

「ジュウ様、これを」

雨はハンカチを渡す。

「何だよ、急に」

「必要になるかもしれません」

よくわからなかったが、ジュウは取り敢えず受け取っておいた。雨のやることに無駄はない。

「柔沢くんたちは、何でここに来たん？」

事情を知らない香里が、当然のごとくそう訊いてきた。

隠してもしょうがないので、ジュウは細かい展開を省き、簡潔に説明する。一連の嫌がらせは、あるグループが実行していたもので、それを指揮していたのは綾瀬一子であると。

「そ、そんな……。それ、ほんまの話なん？」

「グループじゃ暗木とか名乗ってたけど、間違いない。本人も認めてることだ」

「……暗木？」

その名を聞いて、香里は何故か顔色を変えた。

「どうかしたのか？」

ジュウの問いには答えず、香里は落ち着かない様子で室内に視線をさまよわせ、そしてジュウの背後を見て硬直する。ジュウが振り返ってみると、そこにはタンスの上に置かれた写真立てがあった。中には家族写真が一枚。一子は四人家族らしく、父親と母親、そして兄らしき少年と一子が写っていた。何年も前の写真のようだが、みんな不自然ではない笑顔を浮かべており、幸せそうだった。

普通の写真じゃないか……。

ジュウは香里の方を見たが、彼女は怯（おび）えるような表情を浮かべ、台所にいる一子の背中を見ていた。挙動不審（きょどうふしん）のようにも思えるが、同じ生徒会の人間が犯人だったのがかなりショックなのだろう、とジュウは解釈する。

一子は三人分の湯飲み茶碗（ちゃわん）を用意し、まだお湯が沸いてないのを見てから、ダイニングテーブルの前に立った。

「さて、どこから話しましょうか。白石先輩へのご相談はその後ですから、ちょっと待っててください」

「綾瀬さん、あ、あの、暗木って……」

「ああ、柔沢くんから、そのへんはもうお聞きになったんですね？　そうですよ。秘密にしてましたけど、わたしは暗木と名乗り、一連の嫌がらせを指揮してました。ちなみに暗木は、父方の姓です。両親が離婚したので、今は姓が違うんですよ」

「ま、まさか……」

「そう、お兄ちゃんの名前は暗木一夫です」

呆然とする香里を見て微笑み、一子はジュウたちの方へと向いた。

「やはり、最初からがいいわね。何か質問があったら言ってちょうだい。答えてあげる」

語ることに慣れた態度で、一子は言う。

「わたし、お兄ちゃんが一人いたのよ。思い込みの激しい性格だったけど、根は繊細で、優しい人だったわ。そのお兄ちゃんがね、ある日、自殺したの。好きな子の前で、自分の首をナイフで切って」

どこかで聞いた話だった。前に香里から聞いた話に似ているのだと思い出し、ジュウがそちらを見ると、彼女は俯いていた。何かに耐えるように、唇を噛み締めている。

何だこの反応は？

ジュウの視線が香里に向いているのを見て、一子は納得したように頷く。

「柔沢くん、白石先輩から聞いたことあるのね、この話？　どうせ『わたし、人を殺したことがあるんよ』とか言われたんでしょ？」

その通りだったのでジュウは黙っていたが、隣で雨が言った。

「どのようなお話なんですか？」

「堕花さんは知らないの？　なら教えてあげる。それとも白石先輩、自分で話します？」

香里が答えないのを見て、代わりに一子が語った。内容は、ジュウが香里から聞いたのと同じ。雨は少しだけ不審そうな顔をしていたが、黙って聞いていた。

話し終えた一子は、香里を指差しながら言う。

「それ、この人のよくやる手なのよ。自分の秘密、トラウマを打ち明けることで、相手の心を開こうってやつ。なかなか上手いわよね。『人を殺したことがある』なんて言えば、食いつきもいいし。しかも詳しく聞いてみたら、白石先輩は一方的な被害者で、今でもわたしの良心が痛むわーってオチだし。それを聞いた子の好感度も上がるわけよ。白石先輩って、とっても責任感の強い人なんですねーって。わたしも、副会長になったときその話をされて、あまりの感動に涙が出そうになっちゃった。今まで何人くらいに同じ話をしたんですか、先輩？」

香里はただ黙って俯いていた。膝の上で握られた手は、微かに震えている。

これは、隠していたことを暴露された屈辱の震えなのか。

「この人ね、他人から信用を得るのが上手なの。自分の評価を上げるのが、すごく上手。いろんな人に近づいて、みんなから頼られるのが快感みたい。それは熱心でね。柔沢くんの件のときなんか、参ったわ。痴漢疑惑とわたしへの暴行で退学まで追い込めると思ってたのに、白石先輩の邪魔で失敗しちゃうし。どうしてそこまで庇うのかと思ってたけど、『わたし、人を殺したことがあるんよ』の話を柔沢くんに聞かせたってことは、狙ってたってことかな？　そうじゃないんですか、白石先輩？　柔沢ジュウを更生させればもっと自分は評価されるとか、そんなこと企んでたんじゃないですか？」

香里は俯いたままで、一子の顔を見ようともしなかった。

「ちなみに、よくため息をつくのも演出だと思う。わたし頑張ってますよーってことを、周りにアピールするための。そうですよね、白石先輩？」

香里が答えないのを知っても、一子はしつこく問いかける。

ジュウは胸の前で腕を組み、鼻から深い息を吐いた。

まさかこんなところで、こんな話を聞くことになるとは思わなかった。

驚きはしたが、どうして一子は、今ここでこんな話をするのか。

香里をいたぶるように問い詰める理由も、よくわからない。

「……で、それが何なんだ？」

全てが一子の言う通りだとすれば、香里は計算高い人物だということになる。

ジュウとしてもいい気はしない。

でもそれは、一子の幸せ潰しとは関係がないのだ。話が見えてこなかった。

「ごめんなさい、話が脱線したわね。えーと、わたしのお兄ちゃんが自殺した話をしたところだっけ？　まあその点から見ると、白石先輩も今回の件と無関係じゃないわけよ」

「無関係じゃない……？」

その意味が理解できないジュウを見て、一子は侮蔑の笑みを浮かべる。

「……ああ、面倒くさい。あなた、ホントに頭悪いのね。一から十まで全部説明しないとわからない？」

「白石先輩の前で自殺した少年というのが、あなたのお兄さんなのですね？　つまり、白石先輩がジュウ様にした昔話は、あなたのお兄さんの話でもあると」

雨が口を挟むと、一子は一瞬だけ不愉快そうな顔をしたが、すぐに平静を取り戻した。

「そういうこと。わたしのお兄ちゃんなのよ」

黙り込んだままの香里を見下ろしながら、一子は続ける。

「中学の頃ね、お兄ちゃん、白石先輩と付き合ってたの。白石先輩が男子にいびられてたところを助けたのがきっかけで、付き合い始めたって聞いてる。お兄ちゃん照れやだから、紹介されたことはなかったけど、写真とかで、わたしも白石先輩のことは一応知ってたわ。お兄ちゃん、白石先輩のことが本当に好きでね。毎日幸せそうだった。ところがある日、お兄ちゃんは白石先輩に振られたの、突然に。どういうことかというと、白石先輩が別の男に心移りしたってわけ。その人は生徒会長で、成績優秀で、大会社の御曹司。お兄ちゃんは人の上に立つような性格じゃなかったし、成績は普通だったし、うちは裕福でもなかったから、そりゃあ比べたら負けるわよね。冷静に損得勘定をした白石先輩の判断は、同じ女として尊敬するわ」

香里を褒め称えるように、一子は拍手した。

「それでね、お兄ちゃん、すごく傷ついて、わたしの声なんて全然届かなくなって、そして思い余って、白石先輩とその新しい彼氏の前で、自殺しちゃったの」

香里の前で、少年がナイフで自殺したというのは事実だが、細部が全然違う。香里が一言も反論しないのは、一子の話が真実で、自分がジュウに語ったのは大半がウソで固められた話だと認めているからか。顔を上げることもない香里の様子からは、そうとしか受け取れなかった。

ジュウは言葉が出ない。香里に対しての失望もあるが、話を簡単に信じた自分の迂闊さが恥ずかしかった。ジュウは、改めてタンスの上の家族写真を見る。香里の話から勝手に暗いイメージを抱いていたが、一子の兄は妹によく似た顔立ちで、真面目そうな少年だった。振られたショックで自殺してしまうような繊細さも、持っていたのかもしれない。

おまえはどう思う、とジュウは隣を見たが、雨は何も言わなかった。それは、一子の話をなるべく遮らないよう配慮しているようにも、一子の隙を窺っているようにも見える。

お湯が沸いたので、一子は台所に行って火を止め、薬缶を持ち上げてお茶を淹れていた。

香里は動かず、ただじっと屈辱に耐えるように、あるいは恥じ入るように俯いたままだ。

「本当なのか、今の話？」

ジュウの声に、香里は小さく頷く。

「……わたしのこと、軽蔑した？」

「いや」

人間、そういうこともあるだろう。人望を得たくて話を捏造することくらい、たいしたことではないとも思える。基本的に、誰も傷つけないウソなら許されるものだ。自分に近づいたことに下心があったとしても、それはそれでかまわなかった。ジュウはあまり他人に期待してはいないし、周りから評価されたかったという彼女の努力は、軽蔑するべきものでも笑うべきものでもないような気がしたからだ。そういう努力を一切放棄しているジュウだからこそ、そう思ったのかもしれない。

一子の兄を香里が振ったという点に関しては、特に感想はなかった。雪姫なら「たかがそんなこと」と切って捨てるようなことが、香里には魅力的に思えたのだろう。それはそれ、ジュウが責めるようなことでもない。

ただし、妹である一子の気持ちはまた別だろうけどな、というジュウの考えは、本人の口から否定された。

三人の前に湯飲み茶碗を置きながら、一子は言う。

「白石先輩を恨んでるわけじゃないの。今日も、糾弾するために呼んだわけじゃないわ。そりゃあショックだったけどね。でも、嫉妬に狂って死を選んだのはお兄ちゃんの弱さであり、敗北なわけだし。白石先輩にはむしろ、そう、感謝してると言ってもいいかもしれないわね」

「感謝？」

「その前に、そこから後のことを話しましょうか」

一子は立ったままテーブルの上に片手をつき、淡々と語った。

一子の兄が自殺して間もなく、父方と母方の祖父母が相次いで病死。その葬儀が終わって数日後、父親は交通事故に遭った。体に深い傷を負い、それが元で父親は会社をリストラ。長男の自殺でかなりの心労を抱えていた母親は、ついにノイローゼになり、寝込んでしまう。それに追い討ちをかけるように、何者かに放火され、自宅を失った。どうにか生き延びはしたが、その後の処理に追われるうちに夫婦仲は決定的に冷え切り、両親は離婚。父親は病気の妻を置いて姿を消した。母親はさらに体を壊し、布団から起き上がることすらできなくなった。

まるでウソのような不幸の数々。兄の死をきっかけにするかのように、不幸が一斉に襲いかかってきたのだ。

「とにかく最悪だったわ。運が悪いとか、ツキに見放されるとかじゃなくて、わかるのよ、幸福がどんどん遠ざかっていくのがね……」

そんな状況にもくじけず、一子は高校まで進学。彼女はそこで、白石香里を見つけた。向こうはこちらを知らないが、一子は写真で見て知っている女。兄を捨てた女。兄の心を傷つけて殺した女。どんな女なのか、一子は観察してみることにした。

白石香里は、入学以来ずっと学年一位の成績を誇る秀才。

二年生で生徒会長に選ばれるほど人望もあり、周りから頼られる少女だった。

一子は愕然とした。

香里は、なんて輝かしい生き方をしているのだろう。

兄は死んだのに、死という最悪の不幸に見舞われたのに、香里はこんなにも幸せだ。

どうしてだろう？

この差は何だろう？

これではまるで、香里は兄の幸福を吸い取ったかのようではないか……。

「そこでね、わたし、やっと気づいたのよ、世界のカラクリに」

そうだ、きっと香里は兄の幸福を吸い取ったのだ。だから人一倍幸福なのだ。

幸福の総量は一定。

誰かが幸福なとき、誰かが不幸。

誰かが幸福を味わっているとき、誰かが不幸を味わっている。

ならば、自分が幸福になるにはどうしたらいいか？

簡単なこと。誰かの幸福を潰せばいい。不幸にしてしまえばいい。そうして幸福に余剰分を作るのだ。幸福の余剰分が無ければ、どれだけ努力しようと無駄になってしまう。

幸福は、人から人へ移動する。人の幸福は奪うことができる。

この真理に、一子は気づいた。

そうして生まれたのが幸福クラブ。幸福の余剰分を大量に作ることができるように、集団を組織した。みんな幸福に飢えている。みんな幸福になりたい。その方法があるなら知りたい。誰だって知りたい。その方法をみんなに教え、実践させた。

さあ、みんなで幸福値を溜めましょう。

「もちろん、ただ余剰分を作るだけではダメよ。幸福はね、より強くそれを願っている者が手に入れるの」

一子の指揮によって、幸福クラブのメンバーは多くの幸福値を溜めることができた。一子の狙いは、それを全て奪うこと。奇しくもジュウたちが乱入した昨晩こそが、彼女の計画予定日。ジュウたちのお陰で都合良く部屋から退出し、メンバーを閉じ込め、彼女は目的を果たした。

自分の幸福値が流れを引き寄せたのだと、彼女は確信する。

「以上で話は終わりだけど、他に何か訊きたいことある？」

あまりの内容に、ジュウはすぐには言葉が出てこなかった。

要するに、みんな、この綾瀬一子の妄想に巻き込まれたということなのか。

悪意からではなく、彼女はただひたすら自分が幸福になるためだけにやったのか。

彼女に同情する点も皆無ではないが、ジュウは許す気にはなれなかった。

光は泣いていた。昨日の少女たちは火傷を負った。その他にも苦しまされた者たちが大勢いる。

幸福値などはデタラメでも、誰かが不幸になるという部分は本当なのだ。

こんな奴を放置してはおけない。

しかし、どうすればいいのか。どうすればこの女を崩せるのか。

対抗策がわからないジュウは隣の雨を見ようとしたが、それより先に香里が口を開いた。

「……警察に、行こう」

香里は立ち上がると、テーブルに手をつき、懇願するように一子に言う。

「なあ、綾瀬さん、警察に行こう？　そんなんおかしいよ。あなたのやったことは、犯罪や。自分勝手に、みんなを傷つけてるだけや。警察に行こう？　わたしも一緒に行ったげるから。綾瀬さん、そうしよ？」

「警察、ね」

一子はクスっと笑う。

「白石先輩は、わたしのやったことをどう思ってるんです？」

「もちろん犯罪や。でも、その気持ち、全然わからんでもないし……」

「情状酌量の余地はあると？」

「あると思う」

「白石先輩の自転車事故、わたしがブレーキに切れ目を入れました。それでも？」

一瞬だけ狼狽したが、香里は頷いた。

「……それでもや」

「そうですか」

一子は近くの戸棚を開け、そこから数枚の写真を取り出す。

それをテーブルの上に投げた。

「これでも？」

テーブルの上に広がった写真の一つを手に取ると、香里の顔は蒼白になった。写真を持つ手は、震えている。

ジュウも、そのうちの一枚を見た。写真には、裸で抱き合う男女が写っている。その雰囲気からして、場所はラブホテル、そして情事の後だろう。女は一子だが、男は知らない顔だった。一子は笑顔で、男は照れ臭そうに、写真に写っている。

「まあ、逆ナンパ成功の記念写真というやつですね」

微笑みながら、一子は言った。

「白石先輩、滅多に体を許さないんですって？　彼氏、かなり欲求不満でしたよ。わりと簡単に乗ってきたから、拍子抜けしたくらい」

「あ、あんた……」

「彼氏、わたしの方がいいそうです。満足してくれました」

「あんた……」

「安心してください。一度だけですよ。あんな男、一度でもうたくさん」

「あんた！」

一子に掴みかかる香里をジュウは止めようとしたが、それより早く雨が動いた。テーブルの上にある湯飲み茶碗を二つ両手に持ち、一子と香里、それぞれを目がけて投げる。一子は素早く身をかわしたが、香里は顔に当たった。床に落ちた湯飲み茶碗が砕け、その音と痛みで、香里は少し落ち着きを取り戻す。

一子は、雨に礼を言った。

「ありがとう、堕花さん」

「そろそろ本題に入りませんか？」

「本題？」

「あなたが白石先輩をここへ呼んだのは、こんなことをするためではないはずです」

「何だと思うの？」

一子の挑発するような口調にも、雨は冷静に答えた。

「まだ足りないから、では？」

「………」

一子は、雨を観察するように目を細める。

「……やっぱり、あなたすごいわね。わたしと波長が合いそう」

「気のせいですよ」

「あなたみたいな人が、どうしてそこにいる愚鈍な男と付き合ってるのか……。まあいいわ。本題に入りましょうか」

一子は気を取り直すように息を吐き、香里に言った。

「今日、白石先輩をお呼びしたのは、返してもらうためです」

「……返す？」

未だに動揺したままの香里は、ただ瞬きするだけだった。

一子はテーブルを離れ、奥の部屋へと通じる襖の前に立つ。

「お母さん、入るわよ」

襖に手をかけると、一子は横に引いた。

中から何かが漏れ出てくるような感覚に、ジュウの背筋に悪寒が走る。

……何だ、これは。

急に鼻がきかなくなった。呼吸もしづらい。

明かりは消されていたが、襖の向こうは四畳ほどの狭い和室。

そこに布団が敷かれ、誰かが寝ているようだった。

「お母さん」

声をかけながら、一子は蛍光灯をつける。

光の下にあるもの。それを見た瞬間、ジュウの視覚と嗅覚が同時に刺激された。

布団で寝ているのは、どう見ても死体だった。男か女かも判別できないほどに腐り果てた死体。目は腐って落ち窪み、そこには無数の蛆虫が溜まっている。開いた口からは絶えずハエが出入りし、狭い部屋を暴力的なほどの勢いで飛び交っていた。その一匹が、ジュウの頰に当たる。体にも当たる。何度も当たる。これが現実だと教えるように。

強烈な臭気に麻痺していた鼻がようやく回復し、ジュウはむせ返りそうになった。布団の周囲には大量の消臭剤が置かれていたが、それでも消しきれない腐敗臭が呼吸するたびに肺に侵入し、体が内側から腐っていくようだ。ジュウは手で口を塞ぐ。その手に雨のハンカチが握られていることに気づき、彼女がこれを予想していたことにも気づいた。雨に目をやると、彼女は飛び交うハエも腐敗臭も気にせず、平然と死体を見下ろしていた。

「げぇっ……！」

目の前の死体と腐敗臭に耐えきれなくなった香里が、床に両手をつきながら吐いた。吐いても吐いても止まらず、苦しそうに体を折りながら、最後には胃液が出るまで吐いていた。

「ちょっと、白石先輩！　他人の家に来て床に吐くなんて、あんまりじゃないですか！」

吐き続ける香里に、一子は毅然とした態度で注意する。

「まったく、礼儀がなってない。育ちが知れるわね……」

かろうじて吐き気を堪えながら、ジュウは言った。

「綾瀬、おまえ、それは……」

「うちのお母さんよ」

手に蛆虫がつくことも、腐った肉がつくことも気にせず、一子は母親の死体を布団から抱き起こした。死体と布団にたかっていたハエが一斉に飛び、黒い竜巻のように舞い上がる。

一子は、少し困ったような顔で言った。

「見てのとおり、お母さん、調子悪いのよ。わたしの計算違いね。まだ幸福値が足りなかったわけ」

事前に用意していたのだろう。一子は枕元に置かれた包丁を手に持ち、香里に近寄った。腰が抜け、自分の吐いたものに塗れながら、香里は必死にあとずさる。

「た、助けて！　殺さないで！」

「何言ってるんですか。殺しませんよ」

一子はニッコリ笑い、包丁を香里の足元に置いた。

「わたし、殺人鬼とかじゃないですから。殺しません」

「じゃ、じゃあ……」

「足りないんです、幸福値が。だから、白石先輩がお兄ちゃんから奪った幸福値を、返してください」

「……えっ？」

「文句ないですよね？」

「で、でも、どうやって……」

「簡単です。白石先輩の幸福を、潰せばいいんです。例えば、先輩美人だし、耳か鼻を切り取るのはどうですか？」

「……み、耳？　鼻？」

「目でもいいですよ。あ、乳房ってのも、悪くないかな。でもそれだと、さすがに死にますよね。あまり血の出ない部分を選びましょう」

「わ、わたし……」

「さあ、どうぞ、自分でやってください」

香里は包丁を見つめたが、手には取らなかった。取れるわけがない。

「どうしたんですか、白石先輩？」

「ご、ごめんなさい……！」

香里は床に額を擦りつけるようにして、頭を下げた。

「ごめんなさい！　わ、わたし、まさかあんなことになるやなんて、思わへんかった……」

「謝らなくていいですから、早くやってください。幸福値を返してください」

「堪忍して、堪忍してください、ごめんなさい、許して……」

「早く返してくださいよ」

「もう、もう許して、お願いやから……」

「さあ早く」

「許して、許して、許して……」

「いいから、さっさとやれっつってんだろ！」

一子は香里の髪を掴むと、無理やり顔を上げさせた。

「白石先輩って、意外とグズなんですね」

香里の泣き顔を笑顔で見つめながら、一子は言う。

「あなたが幸福値を返してくれたら、お母さんの病気も治るんです。元気になるんです。もっと幸福値を溜めれば、お父さんだって帰ってくる。もしかしたら、お兄ちゃんも向こうから帰ってくるかもしれない。だから、ね？」

一子は香里の手を取り、包丁を握らせる。

「どこにします？　目ですか？　耳ですか？　鼻ですか？　顔の肉を何カ所か切り取るのもいいですね。指でもいいですよ。ただ、気をつけてくださいね。死なれると死体の処分が面倒なので、そこだけは注意してください」

震えで歯の根が合わずにガチガチと鳴り、怯えるばかりの香里を、一子は楽しげに見ていた。

もはや先輩でもなんでもない。ただの獲物。

その視線が、不意にジュウの方へと向く。

彼女の瞳に暗い影が見えないことが、ジュウには恐ろしかった。

「あ、柔沢くんたちはもう帰っていいわよ、話は終わりだから」

香里の髪を掴んだまま、一子は明るい口調で言う。

彼女は日常と非日常を気楽に往復するのだ。

「また明日、学校でね」

バイバイ、と手を振る一子。

ジュウは動けなかった。気持ち悪い。それが、ジュウの抱いた率直な感想。この光景が、ただひたすらに気持ち悪い。できることならここからすぐに飛び出して家に帰り布団にくるまり目を閉じて耳を塞いで何もかも忘れて明日の朝まで寝ていたかった。

自分は調子に乗っていたのだ。夏休み前の事件も、その後のえぐり魔事件も、自分は何もできなかったが、それでも、その事実に耐えることだけはできた。だから、自分はこういうことに関われる度胸のある人間なのだと、それくらいの資質はあるのだと、心のどこかで過信していた。思い上がっていた。

犯人を捕まえて光の前で土下座させる？　できるわけがない。この綾瀬一子には、そんな当たり前の感情はないのだ。どれだけ正論を説いても届かない。罪悪感など湧いてこない。彼女は自分が悪いことをしたとは、露ほども思ってはいない。彼女は被害者たちに絶対詫びたりしない。自分がやったのは「幸せになるための努力」であり、それは他人から非難されることではないと、彼女は本心から信じているのだ。

自分も雨も、この場では部外者だった。この舞台に、自分たちの役はない。ここにいても何もできない。事態に介入できない。どんな言葉も、彼女には届かないのだから。

一子は、もう帰っていいと言った。じゃあ帰ろう。こんな場所からは出よう。

逃げよう、こんなところからは。

……逃げるのか？

俺は逃げるのか？

どうして逃げる。逃避は、何かを得るための行為じゃない。何かを失わないための行為だ。

こんな俺が、こんな情けない俺が、いったい何を失いたくないというんだ。

プライドだよ。

自分は何もできなかったわけじゃない。その場にいなかったのだ。途中で見切りをつけて出て行ったのだ。最後までいれば、何かできたかもしれない。最後までいなかったから、何もできなかった。

そんなくだらない言い訳が、今逃げ出せば可能になる。

くだらねえ。バカ野郎。死んじまえ。この能無しのクズが。

無力感と目の前の異常な光景が混ざり合い、暗いものに脳が冒されそうになる。顔にぶつかってくるハエ。その羽音が耳元でこだまし、蛍光灯がチカチカと点滅し、その下には死体があり、その側では一子が笑顔で迫り、香里が泣きながら拒否し、二人の間で包丁が行き来し、ジュウの視界は歪んでいく。

ダメだダメだダメだ、俺には何も……。

「大丈夫です」

ジュウの手を、柔らかくて小さな手が包んだ。

周囲に漂う腐敗臭を忘れさせるような、優しくも鮮烈な声で、雨は言う。

「日常と非日常は、繋がっています。同じものなのです。その差は、主観的なものでしかない。大丈夫ですよ、ジュウ様。あなたは、こんなことに負けはしない」

ジュウはその言葉にではなく、彼女の声に納得した。声を聞くだけで、納得した。

……ああ、大丈夫かもしれない。

目を閉じて、深く息を吸う。息を吐く。それを繰り返す。腐敗臭が肺を満たし、肺から排出された。何度も繰り返す。すぐに慣れた。

目を開けると、死体が見えた。よく見る。すぐに慣れた。

一子と香里は、まださっきの行為を続けている。

一子が強要し、香里は泣いている。二人の間で包丁の刃が揺れている。

なんだこんなもの。どこが怖い。何が異常だ。

女が二人、言い争ってるだけじゃないか。

顔に向かってきたハエを、ジュウは拳で叩き落す。邪魔だ。

「ジュウ様、お願いがあります」

雨はジュウの前に片膝をつき、頭を下げた。

それは臣下の礼。

「どうか、このわたしに御命令ください。それさえいただければ、わたしはどんなことでもしてみせましょう」

ジュウは言った。

「……終わらせろ」

これは、心の何処から出てきた言葉だろう。

雨は深く頭を下げた。

「御意」

すっと立ち上がり、静かに宣言。

「あの見苦しい者たちを、成敗して参ります」

颯爽とした足取りで、雨は言い争いを続ける二人に近づいた。

そして彼女は、主の命令を実行する。

「綾瀬さん、お話があります」

「後にしてくれない？　今、大事なとこだから」

雨は気にせず続けた。

「あなたの今までの活動、発想は幼稚ですが、実践してみせたところは評価できます。凡人には不可能なことでしょう」

「それで？」

「一つ、気になることがあるのです」

疑問の提示。雨は右手の人差し指を立て、今度は香里の方を見る。

「白石先輩、よろしいですか？」

涙に濡れた顔で、香里は雨を見上げた。

「綾瀬さんのお兄さんが自殺したのは、あなたの目の前、なんですよね？」

「え、ええ……」

「あなたのためなら死ねると言い、本当に死んだ。そうですね？」

「……ええ」

「そのとき彼は、どんな表情をしてましたか？」

何でそんなことを訊くのか、という顔で見返してくる香里に、雨は再度言う。

「彼は、どんな表情で死んでいきましたか？」

当時の光景を思い出すように、香里は目を閉じた。

「……笑ってた」

「嬉しそうに？」

「ええ、嬉しそうに、笑ってた。何でか知らんけど、笑ってた……」

「やはり」

大きく頷く雨に、一子は不愉快そうに言う。

「堕花さん、あなた何をしたいのよ？」

「間違いを正したいのです」

「間違い？」

「はい。綾瀬一子さん、あなたは間違っています」

「へえ、どこが？」

「あなたはさっき、死は敗北だと言いました。たしかに一般的にはそうです。でも、あなたのお兄さんにとっては違っていた。自分の命を用いて、好きな人にその想いを証明する。純粋で強い想いを証明する。これは、ある意味で勝利なのです。その証拠に、あなたのお兄さんは笑って死んでいった」

「……何が言いたいの？」

「あなたが本当に責めるべきは、家族の幸福値を奪った者ではないですか？」

「でしょうね。でも、それは誰だか……」

「わかりますよ」

「……えっ？」

「あなたも、わかってるんじゃないですか？」

雨に見つめられると、一子は初めて動揺を見せた。頬が引きつり、数歩後退し、雨の視線から逃れるように首を振る。それは、その先を聞きたくないという意思表示か。

雨は容赦しなかった。

「あなたはさっき言いましたね。幸福は、より強くそれを願っている者が手に入れると。それはまさに、あなたのお兄さんのこと。あなたの家族の幸福値を奪ったのは、お兄さんです。彼は自らの死で家族の幸せを潰し、それと同時に幸福値を奪ってみせた。そして人生で最高の幸福を味わいながら死んだ。死は永遠。すなわち、幸福を味わったまま永遠になった。彼は家族の幸福値を奪ってまでそれを望み、見事に成し遂げたわけです」

雨の断定するような口調に、一子は声を荒らげる。

「お、お兄ちゃんも、真理を知ってたっての？　そんなはずない！　そんなはず……」

一子は激しく首を振り、血走った目で雨を睨みつけた。

「いい加減なこと言うんじゃねーよ！」

その怒声にも怯まず、あくまで冷ややかに雨は告げる。

「人は自分が幸せになる過程で、必ず誰かの幸せを潰している。無意識のうちに、そうしている。これも、あなたが言ったことですよ、綾瀬さん」

ジュウは、その場の空気が止まったように感じた。

一子はもう反論しなかった。それは、もしかすると、心のどこかで彼女もそう思っていたからなのかもしれない。思い込みの激しい兄ならあり得ると。家族を犠牲にしてまで己の想いを貫くこともあり得ると。

体中の力が抜けるかのように、一子はその場に崩れ落ちた。項垂れた姿は、少し小さくなったようにも見える。顔からは生気が失せ、僅かに開いた口からは、だらしなく涎が垂れていた。その目は、もはやどこも見てはいない。

毒を持って毒を制す。雨は、正論の通じない一子に、屁理屈で応じてみせたのか。

一子の自信を、一子の思い込みを、屁理屈で崩してみせたのか。

一子の主張も、雨の主張も、どちらもジュウの理解の外。

多分、どっちもデタラメだ。

正解なんかない。そんなものはなかった。ここにはなかった。

曖昧であやふやで空虚で混沌としたものしか、なかった。

ジュウは窓の側に行き、窓ガラスを思いきり開けた。

外は日が暮れ、あるのは暗闇。しかし、冷たく新鮮な空気が顔に吹きつけてくる。

呆けた顔で宙を見つめる一子と、床に顔を伏せて泣いている香里。

雨はただ静かに、ジュウの側にいた。

冷たい風が部屋の中を満たし、溜まっていた空気を外へと運んでいく。

その中に、ジュウは人の思念を見たような気がした。

叶(かな)わなかった一子の願い。一子の望み。
それは、どこへ消えるのだろう。

第7章　勝　者

「わっかんねえなあ」

頭を掻きながら、ジュウは雨に言った。

「あんなのは、ただの妄想みたいなもんだろ？　そんなものを信じて、実行して、それで本当にみんな幸せだったのか？」

「幸せだったと思いますよ」

「何で？」

「少なくとも、自分が不幸であることの言い訳になりますから。今、自分が不幸なのは、幸福値が低いから。努力の成果が出ないのは、幸福の余剰分がないから。だから頑張って誰かの幸せを潰そう、という具合に、ある意味で前向きになれたのではないでしょうか」

不満顔のジュウに、雪姫が補足する。

「例えばさ、周りの人の幸せを潰してれば、何か嫌なことがあっても我慢できたりするんじゃない？　もー、最悪ーっ！　でも、あいつよりはマシだし、まいっか、みたいな。ちょっと卑しいけど、そういう幸せの形もあると」

日曜日。ジュウは雨と雪姫を連れて、ある場所に向かっていた。その道中、ジュウは今までの疑問をまとめて雨にぶつけ、彼女なりの解釈を聞いた。

疑問は多い。特に、どうして少女たちがあんな妄想を信じたのかがわからなかった。

雨と雪姫の話を聞いても、いまいち納得いかない。

その心情を察したのか、少し思案してから雨が言う。

「何か良いことがあったとき、『普段の行いが良いからだ』と言う人が世の中にはいます」

「いるな」

「これも、妄想みたいなものですよ」

「どこが？」

「神様はいる。全てを見ている。良いことをした者には幸福を与えてくれる。このうちのどれ一つとして確認はできません。絶対不可能です。それにも拘わらず、信じている者がいる。不思議ですよね。わたしからすれば、幸福の総量は一定という妄想に負けず劣らずの妄想だと思います」

雨は、ジュウを納得させようとしているわけではなかった。

それほどたいしたことではないんですよ、ジュウ様。

彼女はきっと、そう言いたいのだろう。

心の暗がりに明かりを照らすように、雨は言葉を口にする。

「人は、信憑性が高いから信じるのではありません。信じたいから信じるのです」

それが人間の長所であり短所。美点であり汚点か。

見上げる空は晴天。その青さを目にしながら雨の言葉を聞いていると、そういうことなのかな、とジュウにも思えてきた。正解かどうかは、わからないけれど。

雪姫は頭の後ろで指を組み、ジュウと同じように空を見上げる。

「あたしは、あの子たちの気持ち、少しわかるかも。やっぱ幸せにはなりたいもんね」

みんな幸せになりたい。誰だって幸せになりたい。

だから、もしその方法があるのなら、喉から手が出るほど欲しい、知りたい。

綾瀬一子は、それを少女たちに与えたということなのか。

「おまえの幸せって何だよ?」

「美味しいもの食べて、ぐっすり寝ることかな。だから、この前は幸せだったよ?」

ジュウを見つめ、ニッコリ微笑む雪姫。

この前とは、ジュウの家でフレンチトーストを食べて寝たことだろう。

あの程度でいいのか……。

何が幸せかは、人それぞれ。

「綾瀬は、あいつは、どうだったんだろうな……」

雨は静かに分析する。

「彼女も多分、幸せだったのだと思います。幸せ潰しをしている間は、あの現状を認めずに済みますから。これはずっと続くわけじゃない。もうすぐ終わる。もうすぐ良くなる。彼女は、そう信じていたのでしょう」

「それって、ただ現実から目を背けてるだけじゃねえか？」

「そうです。手っ取り早く幸せになる方法は、現実を見ないことなのです」

極論だが、否定しきれない部分もあった。

現実逃避をしたくなる気持ちは、ジュウにも少しわかる。

綾瀬一子は、まさにそれだったのだろう。彼女は現実を見ずに、妄想の中で生きていた。それでも傍目には立派に、ジュウなどより遥かに優秀な学生でいたのだから、彼女はやはり凄い少女だと思う。

もっともそれも、雨に言わせれば、

「社会性とは、要するに面の皮の厚さのことですからね」

ということになるのだが。

あの日、綾瀬一子の自宅で全てが終わった。一子はしばらく放心状態だったが、ジュウが促すと、驚くほどあっさり警察に自首したのだ。その際、雨は証拠の一つとして一子との会話を録音したＭＤを提出した。万が一を考え、雨は放送部から録音可能なＭＤプレーヤーを借り、鞄に入れて最初から会話を録音していたのだ。雨があまり発言しなかったのは、なるべく一子に話をさせるためだったのだろう。相変わらず抜け目のない女だ、とジュウは思う。

生徒会室の火事は新聞に小さく載りはしたが、幸福クラブのことは、スポーツ新聞にさえ扱われなかった。誰も死んでないからだ。刺激に欠ける記事は、現代人の興味を引かない。

警察のその後の調査でわかったことは、円を経由して少しだけ聞いた。一子の母親は、ノイローゼの果ての病死ということだった。本来は長期の入院が必要だが、本人がそれを拒み、自宅で治療を続けているうちに死んでしまったのだ。その時期が、ちょうど幸せ潰しがエスカレートし始めた時期と一致し、それが一子の焦りを表していたこともわかった。そして、一子が売春で生活費を稼いでいたことなども。警察に全てを告白した一子は、二度と言葉を発しなくなったらしい。彼女がこれからどうなるのか、それはジュウが考えることでも決めることでもないだろう。

綾瀬一子のやったことは許せない。でも、家族との幸せを取り戻すことを夢見て失敗した彼女のことを、ジュウは愚かだとは思わなかった。兄が死に、父が消え、母まで死んでしまった彼女は、ああするしかなかったのかもしれない。

もし自分が彼女と同じような境遇だったら、同じことをしなかったという自信はジュウにはなかった。妄想に浸り、くだらない屁理屈に一縷の望みを託した可能性はある。紅香の死体と一緒に生活したかもしれない。腐り果てていても、母親として扱ったかもしれない。

そして、これは想像だが、一子はやはり香里を恨んでいたのだとジュウは思う。兄の死の原因を作った香里のことを、許せなかったのではないか。だからあそこまで執拗に迫ったのではないか。ジュウはそう思う。

白石香里とは、その後、一度も会っていなかった。あの日のことがよほどショックだったのだろう。この前行われた中間テストでは初めて一位から転落し、大幅に成績を落としていた。

さらに学校を休みがちになり、生徒会長も辞任してしまったらしい。彼女にも、少し同情するべきだろうか。

綾瀬一子の逮捕に学校側は戦々恐々とし、その騒ぎによってジュウの痴漢疑惑などの噂が完全に忘れ去られたのは皮肉なことだった。

今回の件について、ジュウはまるで整理がついていなかったが、それは当たり前なのかもしれない。常に混沌としている現実を整理するなんて、所詮は不可能なのだ。それでも人間はわかったふりをして、安心したい。そう錯覚したい。

綾瀬一子という少女の妄想にみんなが振り回された。それが、妥当な解釈だろうか。

通学路を進み、ジュウたちは雪姫の通う高校の門前に到着した。日曜日の学校にいるのは、部活動をしている生徒くらいだろう。

校門を通り抜けながら、そういえば、とジュウは疑問を口にする。

「何で、ここで会合が行われてたんだろうな?」

不自然というほどでもないが、別に学校内でやる必要はないような気がした。場所など、他にいくらでもある。

「あ、柔沢くん、気づかなかったんだ?」

ウフフ、と雪姫は口に手を当てて笑う。

「おまえはわかったのかよ?」

「多分、うちの学校の名前に関係してるんじゃない?」

「名前？」

ジュウは校門の前まで戻り、そこに書かれた校名を見た。

光雲高校だ。

「これが何だってんだ？」

「さあ、考えてみよう！」

答えを焦らす雪姫にジュウが苛立っていると、隣で雨が言った。

「おそらく、験担ぎだと思います」

「あ……」

光雲。こううん。幸運？

くだらない。

「じゃあ、あれか。あいつが生徒会の副会長だったのも、『ふく』って言葉が欲しかったからなのか？」

副。ふく。福。

またしてもくだらない。

「さすがはジュウ様。鋭い見識です」

雨は誉めてくれたが、ジュウにはやっぱり理解できなかった。

でも、そういうこだわりが大事だ、と綾瀬一子は思ったのかもしれない。

そうした小さな積み重ねが、幸福を呼び込むのだと。

　ジュウたちは校内に入り、階段を上がる。前進するごとにジュウの鼓動は早くなり、体中に緊張感が満ちていく。でも、まだ完全には乗りきれてない。どこか中途半端なのだ。その理由は、わかっている。

　目的地である道場の扉に近づいたところで、ジュウの足は止まった。雨と雪姫が、無言でジュウを見上げる。

　二人にはまだ、今日同行してもらった理由を話してはいなかった。雪姫は薄々勘づいていそうだが、雨にはわからないはずだ。それでも彼女はついて来る。

　ジュウは数秒間だけ悩み、そして決めた。

「おい、雨。ちょっと来い」

　返事を待たず、ジュウは雨の手を引いて階段の踊り場に下りる。ついて来ようとする雪姫には、そこで待つように指示。

「あー、不純異性交友禁止！」

「うるせえ！」

　雪姫を黙らせ、ジュウは雨を壁に押しつけるようにしてから、息を吸う。

「今から、大事な話をする」

「は、はい……」

　雨は上気した顔で頷いた。珍しく、戸惑っているらしい。

「悪かった！」

ジュウはまず謝り、そして今回の件に関わった本当の理由、自分と光の間にあったことを雨に打ち明けた。雨はいつでも力を貸してくれる、ジュウにとって都合のいい人間。だからジュウは彼女を利用する。雨はそれを納得している。何の問題もない。でも、全部話した。理由は簡単。これからやることは、半端な気合いでは無理だから。心残りがあってはダメだから。なんて身勝手な自分。傲慢な自分。いつ愛想を尽かされてもおかしくない、バカな自分。

話し終えたジュウは雨の反応を窺ったが、彼女は少し驚いた顔をするだけだった。

その驚きも不快なものではないらしく、雨はいつものように明快に頷く。

「理解しました。光ちゃんは、果報者ですね」

「いや、元はと言えば俺が……」

「ありがとうございます、ジュウ様」

雨はジュウの手をそっと握り、優しく微笑んだ。

「妹に代わって、お礼を申し上げます」

大事なこと黙ってたんだから少しは怒れよ、などと思いながらも、雨の手の感触に、ジュウは心を解きほぐされるような気がした。

まるで、悪戯を告白し、それを母親に許されるような気分だ。

この小柄な少女は、ジュウの想像を遙かに超えるほど奥深いのかもしれない。

「しかし、ジュウ様」

雨は右手の人差し指を立て、ジュウを見つめながら言った。

「そういうことは、なるべく早く教えてくださると助かります。そうすればもっと上手く、もっと早く、わたしはジュウ様のために働くことができたでしょう」

「……ああ。今度からは、なるべく話す」

何だろう、この感覚は？

ひょっとしたら叱られているのかもしれないが、何故か気分が良い。

不思議なくらい、素直に聞いてしまう。

どうしてこいつは、こんな……。

「ねえ、まだー？」

「……もう終わったよ」

雪姫に急かされ、ジュウは再び雨と階段を上がる。

そして道場の扉の前に立った。

男子空手部。あの日、敗北した場所。

休日でも部員たちは道場に顔を出すと、円から聞いている。

深呼吸を三回。雨に話して、心の引っかかりは取れた。頭は冷静で、気力も十分。

あの日とは違う。今日は、この二人がいる。負ける気がしない。

ジュウは扉に手をかける。

さあ、殴り込みだ。

　辺りが夕闇に沈みかけた頃。体育館の側にある小さな噴水の近くに、光が現れた。待っていた雨と円が事情を説明し、光の前に進み出た伊吹が頭を下げる。その様子を、ジュウは少し離れたところから眺めていた。何を言ってるのかは聞こえないが、伊吹がきちんと謝っていることはわかる。そういう約束なのだ。

「柔沢くん、いいの？」

　隣にいる雪姫が言った。

「君、功労者なんだから、あそこにいた方が良くない？」

「話がこじれたのは、俺が原因みたいなもんだからな。やるべきことをやっただけで、別にどうということもないだろ。それに、こんな顔見せられるかよ」

「カッコイイじゃん」

「うるせえ」

　困惑する光の前で、伊吹は何度も何度も頭を下げていた。腹を割って話してみれば、伊吹は悪い男ではなかった。約束もちゃんと守る、なかなかの好男子。ただ、男女交際＝結婚と考えるほど生真面目な男なので、今回の件でのショックも一際大きかったのだろう。誤解をとくのには手間取ったが、もう何の心配も要らないはずだ。

　ジュウは安堵感から笑おうとしたが、痛くて笑えなかった。

これくらいは仕方がない。役立たずな自分には、こんなことしかできない。

伊吹が約束通りに謝ったところは見届けたので、そろそろ帰ろうかとジュウが思ったとき、こちらへ凄い勢いで駆け寄ってくる光の姿が見えた。

理由は想像がつくので、ジュウは逃げない。

「あんたーっ！」

光はジュウの胸倉を掴み、力一杯に揺する。

「話が違うじゃない！　約束はどうしたのよ、約束は！　この金髪外道魔人！」

雨に全て話してしまったので、光が怒るのも当然。

隣でクスクス笑っている雪姫を軽く睨んでから、ジュウは素直に謝った。

「ごめん。悪かった。全面的に俺が悪い。すまん」
二、三発は殴られる覚悟でいたジュウだが、光はそれ以上何も言わなかった。
ジュウの顔を見て、驚いたように瞬きしている。

「……あんた、どうしたのよ、それ？」

ジュウは顔を背けた。

「何でもねえよ」

「見せなさい！」

光は手を伸ばしてジュウの頭を掴み、無理やり前を向かせる。

そして言葉を失った。

ジュウの顔は、何ヵ所も腫れ上がっていたのだ。青く、あるいは赤く腫れ上がり、唇は切れ、鼻血の跡も見える。空手をやる光には、どれも見覚えのあるもの。打撃によってできた怪我。それも、相当に強烈な打撃だろう。

ジュウは光に見つかる前に帰るつもりだったのだが、こうなっては仕方ない。開き直って笑うことにした。全然平気、というように笑ってみせる。

表情を動かすとかなり痛むが、そこは我慢だ。

「これは、おまえが気にすることじゃない」

「柔沢くんね、伊吹とタイマン勝負したの、光ちゃんのために」

「おい、雪姫、余計なこと……！」

「一発もやり返さなかったんだよ？　どんなに殴られても、どんなに蹴られても、ずっと我慢して、伊吹が諦めるまで耐えたの。これから光ちゃんの前に連れて行くんだから、伊吹を傷つけるわけにはいかないって、そう言ってね」

弟を誉める姉のような顔で、雪姫は続ける。

「男の子って、たまにスゴイことができちゃうよね」

そういうことは言わなくていいんだ、というジュウの無言の抗議は届かず、雪姫は最後まで話してしまった。

犯人を捕まえることに失敗したジュウは、代わりの策が思い浮かばなかったのだ。もはや正攻法しか残されておらず、それを実行した。要するに正面突破。力ずくでも話を聞いてもらおうと、ジュウは伊吹に勝負を挑んだ。俺が勝ったら話を聞けと。その熱意にウソがないと思ったのか、伊吹は勝負を受けた。周りを空手部の部員たちに囲まれ、予め呼んでいた円を審判に、時間は無制限。ジュウは倒れなかった。どれだけ殴られても蹴られても、一度も倒れなかった。耐えられたのは、多分、雨と雪姫が近くで見ていたから。彼女たちはジュウに声援を送ることもなく、ただ無言で見ていた。見ていてくれた。ジュウがそう頼んだのだ。こいつらの前で無様な姿をさらすわけにはいかない、というジュウの意地が、最後まで体を支えた。それは異様な光景でもあっただろう。どれだけ痛めつけても倒れない少年と、その姿を無言で見守り続ける二人の少女。最初はあった部員たちの冷やかすような声も途中からは消え、やがて伊吹の方が根負けした。彼が話を聞いてくれるとわかると、ジュウはすぐに倒れたが、その顔に冷たいタオルをかけてくれたのは円だった。円が見ていることも、ジュウの体を支えた一因なのかもしれない。雨と雪姫は何も言わなかったが、二人とも何故か誇らしげな顔をしていた。部員たちのジュウを見る目も、少しだけ変わっていたような気がする。

おそらくは、必要な手順だったのだ。伊吹としても部員たちの手前、ジュウの言葉に素直に耳を傾けられない事情がある。以前に暴れてしまったジュウには誠意を見せる必要があり、それを見せた。そういうことだった。

疲れ切ったジュウは伊吹への説明を雨に任せ、雨はそれを完璧にこなした。誤解がとけ、伊吹の謝罪の意思を確認したジュウは、雨に光を呼び出してもらい、現在に至る。

カッコ悪い展開だ、とジュウは思う。

しかし、頭の悪い自分にはお似合いだとも思う。

柔沢ジュウには、こんなことくらいしかできない。

光は、じっとこちらを見ていた。その真剣な眼差しに耐えられず、ジュウはこの場を去ろうとしたが、その手を光が掴む。

「……どうして？」

光の瞳には、ジュウの心を縫い止めるような力があった。

「どうして、ここまでしてくれるの？」

そんなの決まってる。

「おまえだって、俺を助けてくれたろ？」

「……理由は、それだけ？」

何かを求めるような光の声。

彼女が何を求めているのか、ジュウにはわからない。

女の気持ちなんてわからない。

だから正直に答えた。

「それだけだよ」

「………」

光は無言で下を向き、そのまま動かなくなる。

どうしたんだ？

その顔を覗き込もうとしたジュウの腹に、光の右拳が素晴らしい勢いで命中した。思わずうずくまったジュウの頭上から、光の声が降り注ぐ。

「ま、紛らわしいまねすんなバカァ！　ちょっと変なこと考えちゃったじゃないかっ！」

ジュウがどうにか顔を上げたときにはもう、光の背中しか見えなかった。全身で不機嫌さを表現しながら、光は伊吹のもとへと戻って行く。遠くでカラスが鳴いていた。

「……俺、なんかまずいこと言ったか？」

「それは自分で考えなさい」

愉快そうに笑いながら、雪姫はジュウの背中を叩く。

何だかよくわからなかったが、光は本調子に戻ったようだし、まあいいだろう。

それだけでも、ジュウは何か報われるような気がした。

雨に仲介を任せたこともあり、伊吹と光の話し合いは順調に終わりそうだった。

二人が幸せになればいいなと、ジュウは思う。

安心すると急に体の痛みが襲ってきたので、やはり帰ることにする。

当然のごとく雨はついて来ると言うが、ここは拒否。

「おまえは最後まで見届けて、一緒に帰ってやれ」

「ですが……」

「一緒にいてやれよ。おまえ、あいつの姉ちゃんなんだから」

光が雨に素直に相談できない理由には、おそらくジュウの存在が一枚噛んでいるのだ。

ここは退くべきだろう。

それでもジュウが心配らしく、雨は食い下がったが、後で必ず電話すると約束することでどうにか納得させた。お互いの携帯電話の番号を初めて交換しながら、ああこんなことも知らなかったんだな、とジュウは思う。これで何か近づいたのだろうか。

後のことを雨に任せ、円に軽く挨拶し、光には無視され、伊吹に手を振り、ついて来たそうな雪姫を残し、ジュウはその場を立ち去った。

これでようやく、自分の出番は終わりだ。

校門を抜けて一人になると、夕闇に支配された辺りの暗さが、さらに濃くなったような気がした。風は冷たく、その冷たさが夜の到来を感じさせる。休日の通学路ということもあり、人通りは少ない。

静かな道を進みながら、ジュウは元気を取り戻した光の姿を思い浮かべた。

自分以外の誰かが幸せだったとき、どうするか？

簡単だ。

祝福するのだ。

そうすることで、自分の心にも幸せが広がる。ジュウはそう思う。

だから幸せ潰しなど、バカバカしい。くだらない。

綾瀬一子に、ジュウはそう言ってやれば良かったのかもしれない。

それでもやはり、彼女には届かなかっただろうか。

前方から一際冷たい風が吹きつけ、ジュウはポケットに手を入れた。風に逆らうように、やや猫背になりながら前に進む。半ば夜に支配された空には厚い雲が広がり、前へと伸びる夜道は、先を見通せないほど暗かった。

こうして一人になると、ジュウは安心する。雨たちが嫌いなのではない。ただ、嫌なのだ。彼女たちが側にいる、あの心地良さに馴染んでしまいそうになるのが、嫌なのだ。どうせいつかは失うものが心を占めるなんて、たまらない。

一人にならないと忘れてしまうこともある。自分がどんな人間か。どれだけくだらない人間か。いつかみんないなくなるということも、忘れてしまいそうになる。ひょっとしたら彼女たちはずっと側にいてくれるんじゃないかと、そんな甘い期待をしてしまう自分の中の卑しさがジュウは大嫌いだった。何の力もないくせに、欲望だけは一人前の自分。最低だ。

ジュウはぼんやりと足元を見ながら進み、角を曲がったところで、フラフラと道の端を歩く人影に気づく。

変質者だろうか、と警戒しながらジュウは目を凝らしたが、それは知り合いだった。

「会長さん、か?」

力のない瞳でジュウを見返してきたのは、白石香里。そうとわかっても、ジュウはすぐには言葉が出てこなかった。頬が痩せこけた香里の姿は、以前とは別人のように見えたからだ。

「……柔沢くん」

自分に声をかけたのがジュウだとわかると、香里はいくらか安堵するような笑みを浮かべたが、生気の感じられない弱々しい反応だった。

話を聞いてみると、香里は近くにある病院に行った帰りらしい。最近、学校を休みがちなのは体調不良のせいで、しばらく通院しているという。精密検査を何度か受けているが原因はわからず、今日もまた検査を受けてきたのだ。

あの日の出来事が原因ではないか、とジュウは思った。心因性の体調不良なら、考えられなくはない。無理もないのか。ジュウが今どうにか平気でいられるのは、雨や雪姫がいたからだ。暗いものを難なく解体してしまうあの二人がいなければ、今よりもっと酷い状態になっていた可能性はある。香里にそういう存在がいないのなら、あんなことを自分の中だけで消化しなければならない。それは、どれほどの苦痛だろうか。

香里はため息を吐く。

「これって、天罰なんかな……」

香里が言っているのは綾瀬一子の兄、一夫の自殺の件だろう。

自分に都合良く話を改竄してはいても、やはり香里は気に病んでいたのか。

「綾瀬の兄貴のことは、全部あんたのせいってわけでもねえだろ」

香里は少しだけ微笑んだが、何も言わなかった。

二人は並んで歩き、駅の方へと向かう。大通りが近づいてきても聞こえるのは車の音ばかりで、あまり人は見かけない。

「柔沢くん、子供の頃の夢は何やった?」

唐突な質問。

何でそんなことを訊くのかわからず、ジュウが黙っていると、香里は言った。

「わたしはな、幸せになりたかったんよ。だからそのために、ずっと努力してきた。邪魔するもんは、みんな排除してきた。一夫さんもな、そやった」

「……えっ?」

「こうなったんは、堕花さんのせいやろうな」

「おい、どういう意味だよ?」

香里は答えず、何故か周囲を見回していた。まるで何かを確認するかのように。

彼女の意図が読めないジュウは、取り敢えず信号を見る。横断歩道の前で待っているのは、ジュウたち二人だけだ。その目の前を、大型トラックが何台も通過して行く。かなりのスピードで、目を閉じたくなるほどの風圧だった。信号は、まだ変わらない。

そういえば後で雨に電話する約束だったな、とジュウは思う。

「……なあ、柔沢くん」

後ろから声が聞こえた。

振り向くと、そこにはいつの間にかジュウの背後に回った香里がいた。

辺りは暗く、彼女は俯いているので、表情は見えない。

「何だよ?」

「君にな、一つ、お願いがあるんよ」

「お願い?」

この前の件で悩んでいるから相談に乗ってくれとか、そういうことだろうか?

だが彼女が口にしたのは、まったく別のことだった。

「……ちょうだい」

車の騒音のせいで、よく聞こえない。

ジュウは香里に顔を近づけた。

「何を?」

「……君の幸福値、わたしに、ちょうだい」

香里の両手が素早く伸び、ジュウの胸を突いた。昼間の疲れが反応を鈍らせ、ジュウはその勢いに逆らえずにバランスを崩す。重力に従って後ろに倒れながら、ジュウは香里を見た。

香里は笑っていた。これから獲物を喰らう獣のような顔で、笑っていた。舌で唇を舐め回し、ギラギラした瞳でジュウを見ていた。

ジュウの頭を無数の思考が駆け巡る。

どうして。まさか。そうか。わかった。今わかった。こいつも、この白石香里も、幸せ潰しをやっていたのだ。一夫の死をきっかけに香里が幸せになったという一子の認識は、香里自身も感じていたことなのだ。そして香里も一子と同じく真理とやらを知り、幸せ潰しを実行した。最近は、幸福クラブの活動に便乗し、それに紛れるようにしてやっていた。生徒会長という立場も利用できる。彼女は他人の相談に乗りながら情報を集め、誰が幸せかを知り、それを潰し、幸福値を溜めていた。ところがあの日、一子の家で、雨は一夫の死の意味を反転させてしまった。それによって、香里は一夫から奪ったはずの幸福値を失ったのだ。彼女はそう感じた。成績が急に転落したことも、原因不明の体調不良も、それと関連づけて考えた。一子が思い込みであそこまで動けたように、香里は思い込みで体調を崩した。そして香里はこれほど弱り、今また新たに幸せ潰しをしようとしている。もしかしたら一夫の自殺の件も、香里がそうなるように仕組んだものなのかもしれない。ジュウにはそう思える。そんな気がする。

それとも、全てはジュウの妄想に過ぎないのか。

香里は一子の話を聞いて初めてあの屁理屈を知り、魔が差してしまっただけなのか。

さっきの言葉はジュウの聞き違いで、こんなことをした裏には別の理由があるのか。

答えを知る術は、もはやない。

ジュウは受け身も取れずに道路の上に倒れ、その衝撃で尻ポケットに入れていた携帯電話が壊れたのがわかり、ああせっかく番号を交換したのにと思い、早く立ち上がらなければと焦り、アスファルトに手をついたところで、横から強い光に照らされた。

鼓膜を貫くようなクラクション。地響き。

五トントラックが、時速六十キロオーバーで突っ込んできた。

許される思考は一瞬。

あいつ泣くかな。


「どうしたの、雨？」

伊吹と光の真剣なやり取りを端で見物していた雪姫は、雨がじっと手元の携帯電話を見ていることに気づいた。電話は鳴っていない。反応を示さないそれを見つめ続けていた雨は、不意に番号を押した。ジュウに繋がる番号。しかし、ジュウは出ない。繋がらない。

「ねえ、どうしたの？」

雪姫は再度そう訊いたが、雨には聞こえていなかった。彼女は暗い夜空を見上げ、耳を澄ますように目を閉じる。そして目を開けると、雨は走り出した。それは、雪姫が今まで見た彼女の動きの中でも最速。部活帰りの生徒たちの間を風のようにすり抜け、通行人が目を剝くような速さと必死さで、雨は走った。

交通事故だってさ。高校生が轢かれたらしいよ。

通行人の話し声が耳を通りすぎる。

大通りの信号のところに人だかりができているのを見て、雨はそこに駆け込んだ。

邪魔な人込みをかき分けて、前に出る。

柔沢ジュウが、道路の上で大の字になって倒れていた。

「ジュウ様！」

雨はジュウに抱きついた。

「……おまえ」

驚いて、ジュウは目を開ける。雨はそれに気づいてないのか、ジュウの胸に顔を埋めるようにして抱きついたままだ。肩が震えている。泣いているようだった。

「俺は何ともねえよ。ちょっとビビって、しばらく動けなかっただけだ」

それを聞いても、雨は離れようとしない。困ったジュウは、何となく雨の頭を撫でた。

周りはすっかり野次馬に囲まれていた。

サラリーマンや学生、近くに車を停めて見に来ている者までいる。

トラブルがあると人が集まるわけだ、と納得しながらジュウは首を巡らせ、突っ込んできたトラックの行方を追った。トラックは近くにあるブティックに衝突し、その衝撃でガラスの破片が辺りに散っていた。

あのとき、猛スピードで迫ってくるトラックを見たジュウは、さすがに死を覚悟したが、運転手は咄嗟にハンドルを切り、トラックはジュウのすぐ側を通過して行ったのだ。あとほんの数センチの差で、体の何処かをぶつけていたことだろう。

ジュウは香里を捜したが、彼女の姿はどこにも見当たらない。

この騒ぎに乗じて逃げたのか？

「ありゃまあ……」

　近くで雪姫の声がした。

「いきなり走り出すから何かと思えば、なんか派手なことになってるね」

　ジュウと雨を見てから、雪姫は足元に落ちていたガラスの破片の一つを拾う。刃物のように鋭いそれを握り、冷たい眼差しで辺りを一瞥すると、微かに口元を歪めた。

「因果応報というものは、あまり信じられてない。この世界は怠け者だからな。だが、たまにいい仕事をする」

　ブティックに衝突したトラックの方から、通行人たちの声がいくつも聞こえてくる。

　これは酷い。潰れてるな。まだ若い女の子が、かわいそうに。

　ジュウは理解した。あのとき自分を避けたトラックの、その後の進路を。

　……まさか！

「見るな」

　そちらを向こうとするジュウの視界を、雪姫は体で遮った。

「あんなもの、見る価値はない」

「……わかってるのか、おまえ、何があったのか」

「いや、さっぱり。だから、これからあたしが口にすることは、ただの独り言だと思え」

　雪姫は、ガラスの破片を器用に指先で回す。

「人の本質を最も顕著に表すのは、その死に様だよ。悲しい死か、哀れむべき死か、報いとしての死か。傷一つない体で死んでも醜悪な死があり、指一本しか残らなくとも胸を打つ死はある。それからすると、あれは、かなりのものだな」

　どうして、こんな……。

　何かを堪えるように唇を噛むジュウを見て、雪姫は僅かに表情を和らげた。

「諦めろ。あたしや雨と出会ったのが、君の不運の尽きさ」

　雪姫は雨にも何か言おうとしたが、彼女は決してジュウから離れないだろうと思ったのか、少し悔しそうに視線を逸らす。

「……ま、暇だし、ちょっと切ってくるか」

　雪姫はトラックの方へと向かった。通行人の声で、運転手がシートベルトに絡まって危険な状態であると聞こえたからだろう。彼女にしては珍しい人助けは、手持ち無沙汰を感じたからなのかもしれない。

　野次馬の目もあり、ジュウはそろそろ起き上がりたかったが、雨は抱きついたまま動かなかった。

　まだ泣いている。そんなに心配だったのだろうか。

　ジュウの胸を濡らす雨の涙。

　それを感じていると、ジュウは野次馬の視線も気にならなくなってきた。

　興味本位の視線。たとえジュウが死にかけていても、変わらない視線。

　どうでもいい。おまえらなんかどうでもいい。

ここには二人も友人がいる。それだけでいい。

ジュウはそう思った。今は、そう思えた。

それにしても。

「おまえ、よくわかったな、俺が危ないって」

「……前世の……絆です……」

幼い子供のようにしゃくりあげながら、雨は答える。

虫の報せというやつか。それとも、ジュウの携帯電話が通じなかったからか。

まあ、どちらでもいい。

ジュウを心配して、彼女は泣いている。ジュウの生存を喜び、彼女は泣いている。

泣いている彼女はいつもの冷静さが失せ、無防備で、なんとなく可愛く見えた。

どうして自分は助かったのだろう？

ただの偶然か。それともこれは、幸福値とかいうもので説明がつくのか。

とにかく、まだ生きろということか、柔沢ジュウは。

何も成し得ないこんな自分に、役立たずの自分に、まだ生きろというのか。

雨の頭を撫でてやりながら、ジュウは空を見る。曇っていたはずの夜空には、いつの間にか綺麗な月が浮かんでいた。それは暗い空の裂け目のようにも見え、その向こうにはまた別の世界が広がっているようにも思える。

もしそんな場所があったとしても、自分には一生辿り着けないだろうけれど。

周りの野次馬は増える一方で、その喧騒に救急車とパトカーのサイレンが混ざり始めた。

何か訊かれたら、説明が難しい。

考えることはたくさんあるが、今はまず、彼女だ。

こんな自分を心配してくれる、こんな自分のために泣いてくれる、堕花雨。

この子の涙がどうしたら止まるのか。

柔沢ジュウは、少し真面目に考えてみることにした。


——おわり——

あとがき

読者のみなさまのお陰で、三冊目を出すことができました。

鬱々としていた数年前を思えば夢のような状況で、感動しております。

これからも、読者のみなさまに楽しんでいただけるよう努力していきますので、よろしくお願いします。


さて、前回に続いて今回も、わたしの不思議な体験をお話ししたいと思います。

あれは四年ほど前のこと。

その日、わたしはゲームソフトを探すため、電車で秋葉原に行きました。駅から出て電気街に向かおうとしたところ、路上に野次馬が集まっているのが目に入り、なんとなくそちらへ近づくと、そこでは紙の人形が操られていました。仕掛けがわかればなんということもないのですが、わたしも最初の頃は驚いていたものです。

懐かしいなあ、と思いながら野次馬に混じってしばらく見物していると、誰かに背中を突つかれました。振り向いたそこにいたのは、小学校低学年くらいの男の子と女の子。

男の子は普通の日本人。女の子は金髪碧眼で、明らかに外国人。

二人は仲が良さそうに手を繋ぎ、ニコニコと笑っていました。

反応に困るわたしに、男の子が言います。

「ねえ、教えてあげようか？」

「えっ？」

「教えてあげようか？」

笑顔のまま、男の子はそう繰り返します。

隣の女の子も、笑顔のままわたしを見ています。

紙人形の仕掛けのことだろうと思い、わたしは済まなそうに断りました。

「……いや、せっかくだけど、もう知ってるんだ」

それを聞いた男の子は、ちょっと残念そうな顔をすると、隣の女の子と視線を交わしてから、去って行きました。わたしの視界から消えるまで、二人は手を繋いだままでした。

たくさんの野次馬がいる中で、二人は、わたしにだけ声をかけたようなのです。

わたしがこの話をすると、友人はこう言いました。

「片山、妄想もほどほどにしろ」

全然信じてくれません。

そうなると、途端に自分の記憶にも自信がなくなってきます。

あれは白昼夢だったのか？

現実なら、あの二人はなんだったのだろう……。

もしかしたら人形の件は勘違いで、何か別のことをわたしに教えようとしていたのか?
別のことって、例えば……………社会の窓でも開いてたとか。
思いつくのはそれくらい。
わたしは、あの二人の話をちゃんと聞くべきだったのかもしれません。

ここからは謝辞を。
仕事の遅いわたしに耐えてくださった担当の藤田さん、目の覚めるような素晴らしいイラストを描いてくださった山本さん、編集部のみなさま、そしてこの本を読んでくださった読者のみなさまに、心からお礼を申し上げます。ありがとうございました。

片山憲太郎

ダッシュエックス文庫

電波的な彼女
～幸福ゲーム～
新装版

片山憲太郎

2020年7月27日　第1刷発行

★定価はカバーに表示してあります

発行者　北畠輝幸
発行所　株式会社　集英社
〒101−8050　東京都千代田区一ツ橋2−5−10
03(3230)6229(編集)
03(3230)6393(販売／書店専用) 03(3230)6080(読者係)
印刷所　株式会社美松堂／中央精版印刷株式会社

ISBN978-4-08-631376-6 C0193

電波的な彼女　新装版
片山憲太郎
イラスト／山本ヤマト

電波的な彼女　～愚か者の選択～　新装版
片山憲太郎
イラスト／山本ヤマト

紅　新装版
片山憲太郎
イラスト／山本ヤマト

紅　～ギロチン～　新装版
片山憲太郎
イラスト／山本ヤマト

不良少年・柔沢ジュウは堕花雨と名乗る少女に付きまとわれている。ある時、連続通り魔殺人に遭遇したジュウは、雨を疑って…。

知り合ったばかりの幼女が"えぐり魔"の餌食になった。責任を感じたジュウは、雨の友人・雪姫や円と共に調査を進めるが…？

揉め事処理屋を営む高校生・紅真九郎のもとに、財閥令嬢・九鳳院紫の護衛依頼が舞い込んだ。任務のため、共同生活を開始するが…!?

悪宇商会から勧誘を受けた紅真九郎。一度は応じたものの、少女の暗殺計画への参加を求められ破談にした真九郎に《斬島》の刃が迫る!!

ダッシュエックス文庫

紅 ～醜悪祭～ 新装版
片山憲太郎
イラスト／山本ヤマト

揉め事処理屋の先輩・柔沢紅香の死の報せが届いた。真相を探る紅真九郎の前に、紅香を殺したという少女・星噛絶奈が現れるが…!?

紅 ～歪空の姫～
片山憲太郎
イラスト／山本ヤマト

崩月家で正月を過ごす紅真九郎に、お見合い話が急浮上!? 裏十三家筆頭《歪空》の一人娘との出会いは、紫にまで影響を及ぼして…!?

ソロ神官のVRMMO冒険記6 ～どこから見ても狂戦士です 本当にありがとうございました～
原初
イラスト／へいろー

リューの家の隣に引越してきた少女の正体は現実世界のアッシュ!? アッシュの過去を知ったリューは、新たなイベントに奮闘する!!

異世界蹂躙 ―淫靡な洞窟のその奥で―
ウメ種
イラスト／ぼに～

『性』の知識を得て欲望の限りを尽くすたった一匹の闇スライムによって、天才魔道士も奴隷も女騎士エルフも無慈悲に蹂躙される!?